JN075502

マドンナメイト文庫

教え子は美少女三姉妹 家庭教師のエッチな授業

哀澤 渚

目次

contents

プロローグ……7

第1章　僕が泊まり込みで家庭教師？……19

第2章　次女・紗奈の処女を奪う……107

第3章　長女・真利亜の処女を奪う……165

第4章　三姉妹にシェアされる僕……217

エピローグ……259

教え子は美少女三姉妹 家庭教師のエッチな授業

プロローグ

「うわ。すげえ豪邸だな」

門の前に立ち、前川翔太《まえかわしょうた》はつぶやいた。

翔太はそこそこ有名な私立大学の三年生で、家庭教師派遣会社に登録していた。

そのサイトはインターネットで自由にプロフィールが閲覧できるようになっていて、翔太の得意科目や自己PRを見たこの家の人が連絡してきてくれたのだ。

そう。今日は家庭教師として採用されるかどうかの大事な面接だった。

緊張しながらインターフォンを押すと、スピーカーから女性の声が聞こえた。

『はい。どちらさま？』

「家庭教師派遣会社から紹介されてきました、前川翔太です」

カメラに顔を近づけて、礼儀正しく答える。

『あら、よくいらしてくださいました。さあ、門を開けて入ってきてください』

言われるまま門を開けて玄関まで歩いていくと、ちょうどドアが開けられた。そこに顔を出したのは、三十代半ばぐらいのすごい美人だった。

よく見ると、その美しい顔にはどこか見覚えがある。そんな翔太の反応が伝わったのだろう、彼女は笑みを浮かべながら言った。

「この家の主《あるじ》の城田亜希子《しろたあきこ》です。美容コンサルタントとしてテレビにもたまに出ることがあるんで、見たことあるかしら？」

「あっ……。そうでしたか。いや、いつも拝見しております」

翔太が使い慣れない言葉を口にすると、亜希子が妖艶な笑みを浮かべた。ドキッとするほど魅力的な笑みだ。

「そんなに緊張しないで大丈夫ですよ。取って食ったりしませんから。さあ、中へどうぞ。娘を紹介しますわ」

家の中は玄関だけで翔太のアパートの部屋ぐらいの広さがあった。

確か城田亜希子は独身だったはずだ。ということはこの家は亜希子の稼ぎだけで建てたことになる。

美容コンサルタントというのはかなり儲かる仕事のようだ。

家の中をキョロキョロ見まわしながら、応接間へと案内された。

「さあ、そこに座って待っててください。娘を呼んできますので」

促《うなが》されるままソファに座って待っていると、亜希子がコーヒーを持ってひとりで戻ってきた。

「娘はなんだか準備があるらしくて。女の子はいろいろ大変なんです。でも、すぐに来ると思いますので。さあ、コーヒーをどうぞ」

亜希子が向かい合って座り、自《みずか》らコーヒーを一口飲んでみせた。

面接のときは最初が大切だと派遣会社の人に言われていた。ソファに向かい合って座ったまま、翔太はもう一度自己紹介をした。

「改めまして、前川翔太です。○○大学英文科の三年生で、英会話サークルに入っています。活動内容としては、外国人をサポートする観光ボランティアをしています。日本のよさを知ってもらえる助けにもなるし、英語の勉強にもなるんです」

「あら、それは素晴らしい活動ですわね。ところで先生は恋人はいらっしゃるのかしら？」

「え？　それは……」

思いがけない質問に、翔太は言葉に詰まってしまった。

でも、それほど変な質問でもない。教えるのは中学三年生の女子だと聞いていた。その娘とふたりっきりで密室で過ごすことになる男が、性的に満たされているかどうかは気になるところなのだろう。

恋人はいないと答えたら危険だと判断されるかもしれないと思ったが、嘘はつきたくなかった。

「今はいません」

翔太は亜希子の目を見つめながら言った。

それは嘘ではないが、事実とも少し違う。

今どころか、大学に入ってすぐの頃に数カ月付き合ったことがあるだけで、もう二年以上も恋人はいなかった。

そんなに女子ウケが悪いわけではないと自分では思う。頭髪や服装は清潔を心掛けていたし、性格は明るくポジティブなほうだ。

でも、自分から積極的にいくのが苦手で、向こうから告白してくれるのを待っているうちに相手は他の男の猛アプローチを受けて、そういう積極的な男と付き合うようになってしまい、翔太はいつまでもひとりぼっちのままなのだった。

亜希子は意外そうな表情を浮かべた。

「本当に恋人はいないんですか？　モテそうに見えるのに」

「そんなことは……僕なんか……」

こんな美人にモテそうと言われて、翔太は顔が赤くなってしまう。そのとき、ドアをノックする音が聞こえた。

翔太はソファの上に座ったまま姿勢を正した。

「どうぞ」

亜希子が声をかけると、ドアを開けて赤いブラウス姿の少女が入ってきた。

「あら、ずいぶんおめかししてきたのね」

亜希子が声をかけると、少女は少し頰を赤らめて「やめてよ、ママ」と言った。

その反応に微笑みを浮かべながら、亜希子が翔太に紹介する。

「娘の真利亜《まりあ》です。さあ、ご挨拶しなさい」

「城田真利亜です。よろしくお願いします」

真利亜はそう挨拶したが、特にお辞儀をするわけでもない。それどころか顎をクイッと上げてみせた。

それは高貴な人間が下々の者に対する態度のように見えた。

確かに真利亜は全身から高貴な空気を漂わせていた。

まるでハーフのような整った顔立ち。肌の色が白く、軽くウエーブのかかった髪は少し茶色く、口紅を塗っているわけでもなさそうなのに唇がなまめかしく赤い。実際に欧米人の血が混じっているのか瞳が青みがかっていて、背はそれほど高いわけではないのに顔が小さいのですごくスタイルがよく見える。

しかも、ブラウスを下から突き上げる乳房はEカップはありそうなボリュームで、真利亜が歩くのに合わせてゆさゆさ揺れていた。

まだ幼さが残る顔立ちとは裏腹に、濃厚な色気を漂わせている。

まさに完璧な美少女だ。自称「モテない普通の男子」である翔太は、自分よりも六歳も年下のこの少女の前にひれ伏してしまいそうになる。

「前川翔太です。よろしくお願いします」

翔太がかしこまって挨拶をすると、真利亜はふんと鼻で笑って言った。

「真利亜は自分ひとりでも勉強はできるんだけど、ママがどうしても家庭教師を雇うっていうから、仕方なく翔太に教えさせてあげるんだからね」

いきなり呼び捨てだ。

「もう、真利亜ったら。そんな言い方、失礼でしょ」

亜希子が叱るが、真利亜は挑むように顎を上げて翔太を見下ろしつづける。

「ほんとにすみませんね。非常識な子で……。根はイイ子なんですよ」

「いいえ、僕は大丈夫です」

普通の中学三年生にこんな態度を取られたら、温厚な翔太でもさすがに腹を立てただろうが、相手は絶世の美少女なので、「ははー、ありがたいお言葉〜」と受け止めてしまうのだった。

「というわけで、真利亜も先生のことが気に入ったみたいなので、是非、家庭教師をお願いしたいのですが」

亜希子の言葉に、翔太は目を見開いた。

「……気に入った？」

ゆっくりと真利亜に視線を向けると、相変わらず顎を突き上げたままだが、真利亜は恥ずかしそうに視線を逸らした。

確かに「翔太に教えさせてあげる」と言われたような。どうやら面接は合格だったらしい。

翔太は慌てて亜希子に向き直って言った。

「あ、はい。よろしくお願いします！」

そのとき、ドアが勢いよく開いて、ツインテールの小柄な少女が飛び込んできた。

いわゆるロリータファッションというのだろう。フリルのいっぱいついた服装で、スカートは驚くほど短く、膝上ぐらいまでのソックス——ニーソックスを穿いている。ミニスカートの裾とニーソックスのあいだの通称「絶対領域」にのぞく太腿の白い肌は、驚くほど艶やかだ。

「真利亜姉さんの家庭教師をするのね。私、妹の美実《みみ》。まだピチピチの中一だよ。翔太先生、よろしくね！」

美実と名乗った少女は見た目も話し方もかなり幼く、少女というよりも女の子といったほうがしっくりくる。

美実はずっとニコニコと親しげな笑みを浮かべていて、真利亜とはまったく似ていない。

そういえば城田亜希子は恋多き女で未婚なのに子供が三人いる、といったネットニュースを見たことがあったのを思い出した。

確か、その三人の子供はみんな父親が違うとかいう話だ。真利亜と美実がまったく似ていないのは、父親が違うからなのだろう。

似ていなくても、ふたりが美少女であることは変わりない。それは亜希子のＤＮＡのなせるわざか……。

そんなことを考えていると、ドアのところにもうひとり、少女が立っていることに気がついた。

中に入ってもいいのかどうかと逡巡しているのが伝わってくる。

「紗奈《さな》。あなたもご挨拶しなさい」

ドアのところの少女に気がついた亜希子が声をかけた。

「はい」

内気な性格なのだろうか、おずおずという感じで部屋の中に入ってくる。

「初めまして、紗奈です。中学二年生です。よろしくお願いします」

紗奈は翔太に向かって深々とお辞儀をした。身体を起こすと、胸のふくらみがゆさりと揺れ、翔太は思わず生唾を飲み込んでしまった。

紗奈は真利亜とも美実ともタイプが違う。控えめな佇《たたず》まいで、長い黒髪。切れ長の瞳と頬がふっくらとした顔立ちは、あくまでも日本的な美少女だ。

服装もベージュ色のセーターと地味だが、その服装は胸のふくらみの豊かさを強調してしまう。

おそらくGカップはあるだろう。真利亜の乳房よりもさらに大きい。

だが紗奈はその胸の大きさをアピールしようという思いはなさそうなので、そんな

服装を選ぶのは自分の魅力に無頓着だからだろう
まだ幼いために、自分の性的な魅力に気がついていないのかもしれない。その精神的な未成熟さと肉体の成熟加減が、少女期特有のなんとも言えない魅力を醸し出している。

気がつくと、翔太はひとりの美しい大人の女性と、それぞれタイプの違う三人の美少女に囲まれていた。

部屋の中にはいい匂いが充満している。

(ここは天国なのか?)

翔太はしばし呆然としてしまう。

その翔太の意識を揺さぶるように、亜希子がなにか言った。翔太は慌てて現実世界に戻る。

「え? 今、なんて?」

翔太が訊ねると、亜希子がソファの上で居住まいを正し、改まった口調で言った。

「翔太先生、真利亜をよろしくお願いしますね」

「は……はい……。こちらこそ、よろしくお願いします!」

思いがけず大きな声が出てしまい、美少女たちがみんな驚いて身体をのけぞらせた。

「あ～、びっくりした」

美実が可愛らしい声で言い、ケラケラ笑った。それによって部屋の中の空気が一気に緩んだ。

「あはは、すみません」

翔太は頭をかいてヘラヘラ笑った。

第一章　僕が泊まり込みで家庭教師？

1

翔太は週に二回、真利亜に英語を教えることになった。

今日で三日目の家庭教師だ。

真利亜の見た目がハーフっぽかったのが気になって、面接を終えたあとにネットで検索してみると、美容コーディネーター・城田亜希子の最初の子供の父親はアメリカ人だという記述があった。

本当にハーフだったのだ。

でも、真利亜が生まれる前に亜希子はその男性と破局したらしいので、英語が身近な環境で育ったわけではなかった。

だからそれほど英語が得意というわけではないようだった。

それでも、負けず嫌いなのか、翔太が教えたことは次回までに完全にマスターしていた。

ただ、家庭教師としては教え甲斐がある生徒だ。

ただ、少し可愛すぎる。ふたりっきりで密室にいると、翔太はどうしても落ち着かない気持ちになってしまうのだ。

もともとそんなにモテるほうではないし、過去に付き合った女性はひとりだけだ。

その彼女も、ごく普通の純日本人といった感じの女の子だった。

だから、真利亜とふたりっきりでいると、どうしても緊張してしまうのだった。そのせいで、信じられないようなミスをしてしまう。

「翔太、この英単語はそういう意味じゃないでしょ。なにやってんのよ」

翔太が参考書の英文を日本文に訳してみせると、真利亜はその原文をシャーペンの先でトントンと叩きながら大きくため息をついた。

「あ……」

確かにその英単語にはもうひとつ別の意味があり、そちらの意味で訳したほうが正しいようだ。

「ごめん。うっかりミスだよ」

「まあしょうがないか。翔太の大学のレベルって、たいしたことないもんね」

いちおう、有名私立大学だったが、上には上がある。そういう大学と比べれば翔太の通っている大学はたいしたことはないと言えなくもない。その大学の中でも、翔太は決して優秀なほうではない。

「なにを落ち込んでんのよ？　翔太はいちおう、先生なんだからもうちょっと毅然としなさいよ」

「あ、ごめん」

返す言葉もない。真利亜といるとどうしてもこういうキャラになってしまう。

そして、三回目の家庭教師の時間が終わった。

どっと疲れた。だけど、翔太はあっさりと回復してしまう。それはそのあとにお楽しみの時間が待っているからだ。

真利亜の部屋を出て階段を下りていくと、亜希子の笑顔が迎えてくれた。

「先生、お疲れさま。お腹へったでしょ。もう用意はできてるのよ。さあ、こちらへどうぞ」

亜希子がダイニングルームへと誘導してくれる。

「いいんですか？　なんだか申し訳ないなあ。ほんとにお構いなく」

形だけの遠慮をしてみせながら、翔太は亜希子についていく。

「遠慮なんかしないでくださいね。女ばかりの家だから、男性がいっしょにいると娘たちもよろこぶんです」

案内された先には、大きなテーブルがあり、その上にはまるでレストランのような豪華な料理が並んでいた。

翔太がひとり暮らしだと知った亜希子が、真利亜に家庭教師をしたあと毎回こうやって夕飯をご馳走してくれるのだった。

食費が浮くし、料理はどれもおいしい。

それに……可愛い三姉妹といっしょに夕飯を食べられるのだから、翔太はよろこんでそのおもてなしを受けていた。

「なんだ、翔太もまた食べていくの？　まあ、ママの料理はすごくおいしいから、貧しい食生活の大学生ならよろこんで食べていくのも無理はないよね」

あとからやってきた真利亜がいつもの調子で皮肉を言う。そのくせ、翔太の横の席にさっさと座るのだ。

嫌われてるのか好かれているのか、翔太は混乱してしまう。

「もう、真利亜ったら、先生になんてことを言うの。あなたも、先生がいっしょだと楽しいでしょ」

「全然！……でも別にいてもいいんだけどね」

そっぽを向きながら真利亜が言う。

「ほんとにもう。素直じゃないんだから」

亜希子があきれたようにため息をついた。

「もともとこの子が家庭教師サイトをチェックして、先生のプロフィールと顔写真を見て、『この人がいい』って選んだんですよ」

「えっ？　そうなんですか？」

驚いて横を見ると、真利亜は顔を真っ赤にしながら言った。

「別に誰でもよかったの。たまたま目についたから選んだだけ。でも、もっとよく考えて選んだほうがよかったかもね。もっさりしてるし、教え方も下手《へた》だし」

「もう、いいかげんにしなさいよ」

真利亜を窘《たしな》めると、亜希子は廊下に顔を出して、二階にいる美実と紗奈に声をかけた。

「美実ちゃん、紗奈ちゃん、ご飯にしましょ。下りてらっしゃい」

すぐに階段を駆け下りてくる足音が聞こえた。ツインテールの髪を揺らしながらロリータファッションの美実がダイニングに駆け込んできた。

「お腹へった〜。あっ、今日は翔太先生もいっしょなんだね。じゃあ翔太先生の顔がよく見えように、美実は正面に座ろうっと」

正面の席に腰掛けると、まっすぐに翔太の顔を見つめて美実はにっこりと笑ってみせる。

その屈託のない笑顔に、翔太もごく自然に笑顔になってしまう。

すると、翔太の腕に真利亜が肘打ちした。

「痛っ……」

「翔太、中一の女子を見てニヤニヤしないでよ。気持ち悪いじゃない」

「あ、ごめん」

翔太はとっさに顔を引き締めた。

少し遅れて紗奈が入ってきた。

「お待たせしました」

座っている翔太を見て、紗奈は翔太から一番遠い席に座った。

どうして？　と一瞬思ったが、その口元には恥ずかしそうな微かな笑みが浮かべられていて、特に嫌われているわけではなさそうだ。

紗奈の控えめな性格が、その席を選ばせるだけなのだろう。

そんな紗奈は今日もまたボディラインがはっきりと出るセーターを着ていた。翔太の位置からだと、ちょうど横乳の形がはっきりとわかってしまう。

童顔とは似合わない胸のふくらみに、ついつい顔がにやけそうになるのを、翔太は慌てて引き締めた。

それは横で真利亜が咳払いをするのが聞こえたからだ。

「全員揃ったから、いただきましょう」

亜希子が言い、全員で「いただきます」と手を合わせた。

いつもツンツンしている真利亜も同じように「いただきます」と手を合わせているのが、なんだか微笑ましい。

「なに？　真利亜になにか言いたいことがあるの？」

真利亜に横目で睨まれて、翔太は誤魔化すように料理を一口頬張った。

「うわっ、すごくおいしいです！」

思わずそんな言葉がこぼれてしまう。もちろん本心だ。

「あら、うれしいわ。いっぱい食べてね」

亜希子がにっこりと微笑む。期待に応えるように、翔太は旺盛な食欲で料理を平らげはじめた。

「ガツガツしちゃって。なにを食べても『おいしい！　おいしい！』って、ふだんはよっぽど貧しい食生活なのね」

真利亜が嫌味を言うが、翔太の食欲は止まらない。

「ねえねえ、翔太先生、聞いて」

美実が身を乗り出すようにして話しはじめる。

こうやって食事をご馳走になるのは三回目だが、毎回、話題の主導権を握るのは美実だった。

学校であった出来事、テレビで見た内容、最近読んだマンガの話……。美実がなにかを言って、他の誰かが反応して笑い声が起こるというパターンだ。

賑やかな食卓はいいものだ。しかもテーブルを囲んでいるのは美人のお母さんに、可愛い三人の女子中学生たち。

翔太はアパートでひとり暮らしなので、いつもテレビを観ながら黙って食事をしていた。

こんな楽しい食事の時間を得られただけで、この家庭教師のバイトを始めてよかったという気になってしまう。

テーブルの上の料理があらかたなくなりかけたとき、亜希子が思い出したように言った。

「あ、そうだ。あんまり楽しくて言い忘れるところだったわ。実は先生にお願いしたいことがあったのよ」

「なんですか？　こんなご馳走をいただいてるんで、僕にできることならなんでもさせてもらいますよ」

「ありがと。実はね。私、来週、大阪や京都とか関西方面を、美容コンサルの講演会でまわる予定なの。それで、一週間、家を空けることになるんだけど、そのあいだ、先生がこの家に泊まってくれないかと思って」

「え？　僕がこの家に泊まるんですか？」

「そう。女子中学生三人だけで留守番をさせるのは防犯的に心配なのよ。先生が泊まってくれたら安心だわ。確か先生は、来週は大学が休みだから暇だって話してらっしゃったわよね」

今週で定期試験が終わり、来週は一週間まるまる休みだ。大学は本当に休みばかりだ。

クラスメイトたちは旅行に行ったりする計画を立てていたが、翔太は今まで通り週二回の家庭教師の予定も入っていたので、ずっと家でゲームでもしてようかと思っていたのだった。

「確かに学校は休みですけど……」

翔太はそれとなく三姉妹の様子を窺《うかが》った。

美実は犬が飼い主にボールを投げるのを催促するような感じで目を輝かせていて、紗奈はテーブルの上に視線を落としているものの表情は少し恥ずかしそうな……。

そして、真利亜はそんなことにはまるで興味がないといった様子で、デザートのグレープフルーツを口に運んでいる。

三者三様だったが、全員が可愛くて魅力的だという点は変わらない。

この三姉妹とこの家に泊まる……？

しかも、亜希子はいないのだ。自分の理性がもつかどうか不安だ。というか、理性が麻痺する自信があった。

「でも、やっぱりそれは――」

翔太が断ろうとすると、その言葉に被せるように亜希子が言う。

「お給料は三倍出すわ。食事はもちろん、こちらで用意する。紗奈は料理が得意だから、三食用意してくれるわ。だからお願い。なんなら、美実と紗奈の勉強を見てもらえれば、その時間分の家庭教師代も出す。これでどうかしら？　そんなに悪い条件じゃないでしょ？」

確かにものすごくありがたい。その一週間だけで、数カ月分の生活費を稼ぐことができる。

しかも、この可愛らしい三姉妹と、ずっといっしょにいられるのだ。

心が揺れる。

「翔太先生、いいじゃない。美実は翔太先生が泊まってくれたらうれしいな。ねえ、泊まろうよ～。泊まろうよ～」

美実は椅子の上で飛び跳ねるようにして言う。

「紗奈はどうなの？」

亜希子が訊ねると、紗奈は恥ずかしそうに翔太の顔を上目遣いに見て、すぐにまた目を伏せて言う。

「紗奈も……先生がいっしょだったら安心かと……」

「真利亜は？」

亜希子に訊ねられた真利亜は、そっぽを向いたまま答える。

「いいんじゃないの。翔太は貧乏みたいだから、お金が稼げてうれしいだろうし。真利亜はそんな可哀想な人の邪魔をするつもりはないし」

「決まった。先生、いいわね？」

状況的に、もう断れない。

これは自分が望んだことではないのだ。だから、そのことによって、どんな結果になっても知ったこっちゃない。

もちろん理性を持って生活するつもりだが……。

「わかりました。じゃあ、お受けさせていただきます」

「やった！」

美実が両手を挙げて椅子の上で飛び上がった。

紗奈が視線を落としたまま唇に微笑みを浮かべ、翔太の横で真利亜が「ふん」と鼻を鳴らした。

2

翌週の月曜日の夕方に、翔太は一週間分の着替えを持って城田家にやってきた。すでに亜希子は関西へ出発したあとだ。

出迎えてくれた美実と紗奈に、翔太のために用意された部屋に案内された。それは来客用の部屋らしい。畳の和室に布団が一組用意されているだけの部屋だった。

そこに荷物を置いてから、翔太は二階にある真利亜の部屋に向かった。

真利亜の家庭教師は月曜日と木曜日の週二回だ。だからその日は、いつも通り真利亜に勉強を教えることになっていた。

「さあ、真利亜ちゃん。お母さんはいないけど、その分、いつも以上にしっかり勉強しようね」

「ふん。なに張り切ってるのよ。翔太はそんなキャラじゃないでしょ」

真利亜は相変わらずツンツンしている。それはいつも通りだった。そして翔太は密室で美少女とふたりっきりということでいつも通り緊張してしまう。

いや、今日は一階に亜希子がいないのだと思うと、いつも以上に緊張してしまうのだった。

翔太のその緊張が伝わるのだろうか、ふだんは翔太の揚げ足取りばかりしている真利亜なのに、徐々に無駄口を叩くことがへっていき、黙々と問題集に取り組むようになっていった。

その真剣な横顔を翔太は見つめた。

形のいい鼻と桜色の唇。頬はやわらそうで、油断したら手を伸ばしてしまいそうになる。

さらにそのまま視線を下へ移動させると、赤いブラウスの胸元のふくらみは少女の顔立ちとは不似合いなボリュームだ。

英文を訳すことに夢中になっているのか、その胸は机に押しつけられ、むにゅむにゅと形を変え、見ているだけでやわらかさが伝わってくる。

気がつくとズボンの中でペニスが硬くなってしまっていた。

(ダメだ。変なことを考えるな!)

真利亜の胸のふくらみを見ないようにと、椅子を後ろに移動させて身体を引くと、今度は真利亜の腰からお尻にかけてが視界に入った。

骨格は華奢だが、お尻のボリュームもかなりありそうだ。

こういう気の強い美少女を四つん這いにして卑猥な言葉を投げかけて恥ずかしがらせたらどんなに興奮するだろう……。

(ダメだダメだ! また変なことを考えてるじゃないか!)

そう自分を戒《いまし》めながらも、翔太はノートをのぞき込むふりをして真利亜に身体を近づけてしまう。

ゆっくりと鼻から息を吸う。

シャンプーの匂いに混じって、ほんの少しフルーティな匂いがする。それは汗の匂いだろうか？

美少女の汗の匂いは決して不快ではない。それどころか、どんな香水よりもいい香りだ。

ついつい翔太はその真利亜の体臭を肺いっぱいに吸い込んでしまう。

（ああ、なんていい匂いなんだろう）

うっとりと目を閉じる。そのとき、ドアがノックされた。

電気ショックでも受けたように勢いよく背中を伸ばし、翔太は反射的に椅子のキャスターを滑らせてとっさに真利亜から離れた。

その直後、ドアを開けて美実が部屋の中に飛び込んできた。

「もう家庭教師の時間は終わりだよ！」

そう言われて時計を見ると、確かに時間が過ぎていた。

勉強に集中していて気づかなかった。……というのは嘘で、真利亜とふたりっきりであることで緊張していて、そして興奮していて時間が経つのも忘れてしまっていたのだ。

「ねえ、翔太先生！　今度は美実の家庭教師をお願い！」

「えっ……でも……」

「ママもそう言ってたじゃない。もう真利亜姉さんの家庭教師の時間は終わりでしょ？　今から紗奈姉さんがご飯を作るから、それができるまで。いいでしょ？　ね〜。いいでしょ〜？」

美実は翔太の腕にしがみつき、ツインテールの髪を揺らしながら身体をくねらせる。まるでオモチャ屋で「買って〜！　買って〜！」と駄々をこねる幼児のようだ。

紗奈や真利亜ほど胸が大きい印象はなかったが、それでもセーター越しに美実の乳房の感触がはっきりとあった。

それは熟し切っていない果実のような少し硬めな弾力で、美実のキャラにぴったり合っていた。

いつまでもそうやってグリグリ押しつけられていたい気持ちになってしまう。

股間が痛いほど硬くなり、それをふたりの美少女に気づかれないようにするのに翔太は必死だった。

そんな翔太に真利亜が面倒くさそうに言った。

「いいんじゃない？　翔太、美実に勉強を教えてあげれば。その分のバイト代も請求すればいいんだから、貧乏学生なら儲かってうれしいでしょ？」

「まあ……そうだけど……」

「じゃあ、真利亜は晩ご飯の前にシャワーを浴びようかな？　今日は体育の授業で汗をかいちゃったから、身体が臭いのよね」

そう言って真利亜が自分の二の腕のあたりの匂いを嗅ぎ、可愛い顔をしかめてみせた。

（いや、その匂いがいいのに……）

そんな言葉が込み上げてきたが、もちろん口からは出さない。代わりに美実に向かって、仕方ないなあ～といった顔を無理やり作って言った。

「じゃあ、少しだけ美実ちゃんの勉強を見てあげるよ」

「やったー！」

美実が可愛らしく両手を突き上げ、すぐにまた翔太の腕にしがみつき、自分の部屋へ連れていく。

（美実ちゃんのオッパイが……オッパイが当たってるよ……ううう……）

美実の部屋に入るのは初めてだ。

可愛らしいぬいぐるみや小物が所狭しと置かれている。全体的にピンクの比率が高く、まるでお花畑の中に放り込まれたかのようだ。

匂いも真利亜の部屋とは全然違う。気のせいか、なんだかミルクっぽい匂いがするのだ。

それはおそらく美実の身体の匂いだ。幼児の匂い。いわゆる、「乳臭い」と言われる匂いだ。

（ああ、でも、なんかいい匂いだなあ）

翔太はそれとなく息を吸い込んでしまう。

「明日、英語の授業があるから、それの予習を手伝って」

「いいよ。じゃあ、教科書とノートを出して」

まずは美実が出した教科書を音読してやり、その英文を示しながら和訳していく。それを美実が丸っこい字でノートに書き留める。

文法について説明してやり、それもまた美実がノートに書き込んでいくが、そうやって真面目に勉強をしていたのは最初の五分ほどだけだった。

すぐに美実は大きく口を開けてあくびをして、椅子の背もたれに身体をあずけて伸びをした。

「ああ〜、脳みそが疲れてきちゃった〜」

胸が突き出されて、乳房の丸い形が強調される。

翔太の下腹部に衝撃が走った。

さっき真利亜に勉強を教えていたときからずっと硬いままのペニスが、また少し硬さを増したようだ。

そんな自分の身体の反応を誤魔化すように翔太は言った。

「疲れたんなら、もう今日はやめとこうか」

「ううん。そうじゃないの。もっと女子中学生が興味がある内容の英語を教えてほしんだよねえ。たとえば……」

美実がノートに「ＫＩＳＳ」と書いた。

「な……なに言ってんだよ。まだ早いだろ」

「そんなことないよ。同級生の子たちも、もうけっこうキスはしてるんだから」

「ダメだよ、そんなの」

翔太が初めてキスをしたのは、大学一年生のときに付き合った彼女とだった。それなのに中学生がそんなことをしているなんて許せない。

想像しただけでムラムラしてきて理性が崩壊しそうだ。

「勉強も大事だけど、性教育も大事だと思うんだなあ。翔太先生、美実に性教育してよ」

「真面目に勉強しないなら、もう教えないからな」

「……性教育？」

「うん。性教育」

美実はノートに、今度は「ＳＥＸ」と書いた。

「いや……それは……ダメだよ、そんなの、絶対にダメだ。もう、大人をからうのはやめてくれよ」

翔太が弱々しく言うのと同時に、ドアがノックされた。

「先生、夕飯の準備ができました。美実ちゃんのお勉強はそれぐらいにして、一階へどうぞ」

紗奈の声だ。翔太はホッと息を吐いて立ち上がった。

「ああ、お腹へった。今日はこれぐらいにしておこう」

さっさとドアを開けて一階のキッチンへと向かった。

「紗奈ちゃん、なにか手伝おうか」

「あ、先生、大丈夫ですから、どうぞ座っててください」

料理をテーブルに次々と運んでくる紗奈はノーブラなのか、Ｇカップの胸がゆさゆさ揺れている。

それを見た翔太は思った。

(匂いを……。紗奈ちゃんの匂いを嗅いでみたい。胸の谷間の匂いを嗅いでみたい)

きっと真利亜とも美実とも違う、すごくいい匂いがするはずだ。

「翔太先生、どうしたの？　お鼻がヒクヒクしてるよ～」

少し遅れて一階へ下りてきた美実が、不思議そうな顔をしながら言った。

「いや、そ、それは……。そうそう、この料理がすごくいい匂いがするなあと思ってね。ああ、おいしそうないい匂いだな～」

「なに言ってるのよ。翔太ってほんとにバカじゃないの。よくそんなので家庭教師なんてできるよね」

真利亜が冷たく言い放つ。

「いいじゃないの、お姉さん。おいしそうないい匂いって言われて、紗奈はうれしいな。先生、ありがとうございます」

紗奈が顔を赤くしながらフォローしてくれた。

「い……いや……僕はその……」

頭の中に卑猥な妄想が浮かんでくる。

それは紗奈の身体の匂いを嗅いで「いい匂いだ」と翔太がつぶやき、それに紗奈が顔を赤くしながら「うれしいですぅ。もっと嗅いでくださいぃ」と悩ましい声でお願いしてくるといった妄想だ。

「なに？　翔太先生、顔が赤くなってるよ～。紗奈姉さんも。ふたりとも、なんか変なの～」

美実が疑わしげな視線を向けてくる。紗奈がさらに顔を赤くして言う。

「美実ちゃん、変なこと言わないで。さあ、いただきましょう」

全員がテーブルについて楽しい夕飯の始まりだ。

「この料理おいしいよね！　こっちもおいしい！」

翔太は料理を次々と口へ運びつづけた。

「ほんと、おいしい！　紗奈姉さんは料理が上手《じょうず》で憧れちゃう～。はっうむう……」

翔太の真似をするように美実が料理を口へ次々と放り込む。

「そんなにガツガツ食べないでよ、みっともない。だけど、紗奈はほんとに料理が上手よね。ああ、おいしい」

真利亜が上品に少しずつ料理を口へ運び、それを見た紗奈がうれしそうにしている。

なんだかんだ言って、和気藹々《あいあい》とした空気が家の中に漂っている。

ふっと引きの画面で見てみると、可愛い女子中学生三姉妹に混じって食事をしている自分の姿は不思議なものだった。

一カ月前までなら、想像もしなかった幸せな状況だ。

まるでパラダイス！

翔太は顔が緩みそうになるのを必死に堪《こら》えながら、おいしい料理を口へ運びつづけた。

3

チュンチュンと雀が鳴く声。そして、食器がぶつかる音や水道の蛇口をひねる音が微かに聞こえてくる。

朝の気配を感じて、翔太は布団の中でゆっくり目を開けた。

カーテンの隙間から朝日が差し込んできている。

天井が遠くにあり、寝床の感触がいつもと違う。

（あれ？　布団？　ベッドじゃなくて……？）

一瞬、自分がどこにいるのかわからなくなった。だが、すぐに思い出した。昨日から城田三姉妹の家に泊まり込んでいるのだ。

(ああ、そうか。これは客間に敷かれた布団なんだ)

新しい布団の清潔ないい匂いがする。何年も干していない自分の布団とは、まったく違う気持ちよさだ。

「ああ〜、なんて爽やかな朝なんだろう」

翔太は寝床の中で伸びをして、ゴロンと横に寝返りを打った。

「えっ？　なんで？」

思わずそんな問いかけが口からこぼれ出てしまった。

鼻先が触れ合いそうなほど近くに美実の寝顔があった。同じ布団の中で、美実がこちらを向いて眠っていたのだ。

「う、う〜ん……」

翔太の声で目が覚めたのか、美実がまぶしそうに顔をしかめながら目を開けた。

「お、おい、ちょっと待ってくれよ」

翔太が勢いよく身体を起こすと、美実は横になったまま、さっきの翔太と同じように両手を突き上げて伸びをしてみせた。

「あ～っ、よく寝た。翔太先生、おはよう！」

布団の上に身体を起こした美実はパジャマ姿だ。ちゃんとボタンを全部留めている。特になにもなかったはずだ。少なくとも翔太は覚えていない。

「どうしてここで寝てるんだよ？」

「昨夜、もっと翔太先生とお話ししたくて部屋に来たら、もうぐっすり眠ってたから添い寝してみたの。そしたらいつの間にか眠ってたみたい。翔太先生の腕にしがみついてたら、すっごく落ち着くんだぁ」

そう言うと美実が翔太の腕に手を伸ばしてきた。

慌てて飛びすさるようにして、その場に立ち上がった。

「やめろよ！」

「え？」

美実が目を丸くした。

大きな声を出されて驚いたというわけではなさそうだ。そんな美実の視線は翔太の股間に向けられていた。

パジャマのズボンの股間が大きくテントを張っていた。

「違う！　これは変なことを考えてるわけじゃなくて……」

両手で股間を隠しながら翔太は言った。

美実が「うんうん」とうなずく。

「わかってるよ。朝勃ちってやつでしょ？　若い男の人は毎朝、勃起するんだよね。でもそれはエッチなことを考えてるからじゃなくて、生理現象なんでしょ？　翔太先生は身をもって美実に性教育してくれてるんだね」

そう言うと美実が翔太の腕をつかんで横に退けさせて、パジャマの上から股間を鷲づかみにした。

「うっ……」

とっさのことだったので逃げることはできなかった。

「硬〜い！」

美実がケラケラ笑いながら、ペニスを握り締める力を強めたり弱めたりする。

彼女いない歴二年になる翔太は、久しぶりに女性にそうやってペニスを触られて、強烈な快感に襲われた。

しかもその手は、幼い顔立ちの美少女のものなのだ。

「お、おい、やめろよ！　美実ちゃん、放せよ！」

そうやって怒りながらも、翔太は無理やり腰を引いたりしない。本当はもっと触ってほしかったからだ。

だが、ほんの少し残った理性が、形だけの拒否をさせているだけだ。

「すっごく硬いよ、翔太先生。オチ×チンって、こんなに硬くなるんだね。美実、またひとつ物知りになったよ」

美実は冗談めかしていたが、本当は性的に興奮しているようだ。

瞳が潤み、盛んに唇を舐めているし、よく見ると、まるで小便を我慢しているときのように内腿を擦り合わせてモジモジしている。

それはパンティの中がヌルヌルになってしまっているからではないのか。

そう思うと、もとは朝勃ちだった勃起が、正真正銘の勃起に変わってしまう。それに合わせて、美実に触られる快感も強烈になっていく。

(ああ、もうダメだ。理性が……理性が崩壊してしまうよ。ああ、美実ちゃん、やめてくれ。それ以上、ペニスを弄《いじ》らないでくれ。ああ、もう限界だ。どうなってもいい。美実ちゃん!)

今まさに翔太が美実に襲いかかりそうになったとき、襖《ふすま》の向こうで声がした。

「先生、朝ご飯ができましたよ。もう起きてますか?」

紗奈の声だ。

翔太は頭の中が真っ白になり、反射的に返事をした。

「う、うん、もう起きてるよ！」

「じゃあ、お布団を畳みますね。開けますよ」

「えっ……ちょ……ちょっと待って……」

翔太の声が聞こえなかったのか、紗奈は襖を開けてしまった。

すると、目の前に、布団の上に立っている翔太と、その前に座っている美実の姿が現れたわけだ。

でも、紗奈はそれほど驚かない。美実はちょこんと布団の上に座っていて、その手は自分の膝の上に置かれていたからだ。

「あれ？　美実ちゃん、先生の部屋にお邪魔してたの？」

「うん。翔太先生を起こしにきてあげたの」

そう言うと美実は、紗奈に背中を向けるようにして翔太にウインクしてみせる。

「そ、そうなんだよ。それで今、美実ちゃんに起こされて、ちょっと軽く体操をしていたところなんだ」

翔太はわざとらしく腕を左右に振って身体をひねってみせた。

「そうだったんですね」

そう言って微笑む紗奈は、特に変に思ってはいないようだ。

助かった……と胸を撫で下ろした翔太は、ようやく紗奈の服装に目を向ける余裕ができた。

紗奈もパジャマ姿だった。

かなりダボッとした大きめのパジャマだが、それでも幼い顔立ちとはアンバランスなGカップ巨乳の存在感を消すことはできない。

しかも女だけの生活が長かったせいか、紗奈は無防備なことにノーブラで、乳首の尖りがはっきりとわかるのだ。

ズキンと下腹部に衝撃が走った。

「あれ〜！　翔太先生の股間、なんだかまたモッコリが大きくなったよ。ひょっとして紗奈姉さんに欲情してるんじゃないの〜？」

美実が大声で指摘する。翔太は慌てて身体を後ろに向けた。

「な……なにを言うんだ。そんなわけないだろ！」

図星だったが、とりあえず否定した。首だけひねって様子を窺うと、紗奈の色白の顔が真っ赤になっている。

「違うんだ。これは朝勃ちってやつなんだ」

「そうだよ、紗奈姉さん。健康な男性は朝、自然に勃起するんだって。さっき翔太先生に性教育してもらったの」

「な……なにを言うんだ……」

ギリギリと奥歯が鳴った。でも、紗奈は納得したようだった。

「そうですよね。性教育は大切ですよね。そのうち紗奈も……。あっ……えっと、そうそう朝食の用意ができたって言いにきたんでした。早くダイニングへ来てくださいね」

なにか言いかけたことを誤魔化して、紗奈は巨乳を揺らしながら部屋を飛び出していった。

そのうち紗奈も……のあとにどういう言葉がつづく予定だったのか？　ひょっとして、「紗奈も性教育してもらいたいです」とつづいたりして。

バカな。そんな都合良くいくものか。

翔太は自分の都合のいい考えを必死に否定した。そんな翔太に美実が声をかける。

「翔太先生、なんとか乗りきれたね」

「全然乗りきれてないよ。ほんとにもう……」

得意顔の美実を残して、翔太はダイニングに向かった。このままだと変態野郎だと思われてしまう。なんとか汚名返上しなければ。

けれども朝勃ちはまだ収まらないのでなんとか股間をパジャマの上着で隠してダイニングへ行くと、すでに制服に着替えた真利亜がいた。

真利亜は中学生なので制服を着るのは当たり前だが、その派手なハーフ顔と、濃紺のブレザータイプの制服という組み合わせはなんともアンバランスで、そのことがよけいに真利亜の可愛さを際立たせる。

美実も紗奈も可愛いが、顔の美しさだけで言えば、真利亜は最強だった。

こんな女の子と同じ家で寝泊まりしているのだと思うと、翔太は自分の幸運を噛みしめないわけにはいかない。

と同時に朝勃ちのペニスがさらに硬くなる。それはもう朝勃ちではないのは明らかだったが……。

「翔太、妹たちとなにを騒いでたのよ？　家庭教師なんだから真面目にやってよね。ほんとバカっぽくてイヤんなっちゃう」

真利亜はいつも通り、軽蔑の視線を向けてくる。

その冷たい視線に、翔太はなぜだかゾクゾクしてしまう。だんだんクセになってきているようだ。

真利亜にもさっきの会話は聞こえていたはずだ。その証拠に真利亜はチラチラと横目で翔太の股間を見ている。

でも、パジャマの上着で隠されているために見えないからか、少し残念そうな表情を浮かべたと思うと、真利亜はそれを誤魔化すように「ふんっ」と鼻を鳴らして、食事を再開した。

「ああ、お腹へっちゃった～」

美実が駆け込んできて、自分の席に飛び乗るようにして座った。

「先生もどうぞ召し上がってくだいね」

翔太の席に紗奈が朝食を並べてくれる。トーストとハムエッグとサラダ。そして牛乳たっぷりのカフェオレだ。

「ありがとう。んんっんん……」

礼を言って椅子に座ったとき、ブリーフの中でペニスがつっかい棒になり、翔太は奇妙な声をもらしてしまった。

食卓に微妙な空気が流れ、三姉妹がいっせいに怪訝《けげん》そうな視線を向けてきた。

「うっんっんん……。ちょっと喉がいがらっぽくて……」

翔太はそう誤魔化してカフェオレを喉に流し込んだ。

4

三人は学校に行ってしまった。

この時期、大学は休みでも、中学は普通に授業があるのだ。それは当然のことだった。

そもそも大学が休みが多すぎるだけだ。高い学費を取っておいて……。といっても、休みがあるからこうして住み込みの家庭教師をすることができるのだと思えば、やはり感謝しないといけない。

三人が学校に行っているあいだ、翔太が留守番をすることになった。この時間を利用して大学の勉強をしようとかと思ったが、三姉妹がいなくなった家の中は静かすぎて、魂が抜けたような感じだ。

勉強など手につきそうもなかった。

まあいいか。こういうときはテレビでも観て、ゆっくりと過ごそう。

そう思ってソファに横になってワイドショーをぼーっと観ていると、玄関のほうで物音がした。

誰かが鍵を開けようとしている。

ひょっとして亜希子が帰ってきたのかと思ったが、今日も大阪でセミナーがあるはずだ。

帰ってくるのは土曜日の予定なのだから、亜希子であるはずはない。

じゃあ、泥棒だろうか？　留守番としては、ここで一仕事しなければならない。だけど、もしも凶器を持っていたら……。

なにかこちらも武器を持ったほうがいいと思って慌てて部屋の中を見まわしていると、カチャンと硬い音がした。

鍵が開いたようだ。つづいてドアが開けられる音。

「ただいま」

美実の声だ。

なんだよ、驚かせるなよ……。ホッと肩の力を抜いたが、美実の声は、なんだか元気がないようだった。

「翔太先生、いないの？」

「ここにいるよ！」

声をかけてから玄関へ向かった。

「美実ちゃん、学校は？」

「それがね。少し熱があるみたいなの」

美実が言うには、コロナ禍以降、学校の入口に体温測定器が設置されていて、それに顔を近づけて熱がないがどうか確認するのが習慣になっているらしい。

それでいつものように体温測定器の前に立って熱を測ってみると、アラームが鳴り、少し熱があることがわかった。

熱があると学校内に入れないので、そのまま帰ってきたということだった。

美実は呼吸が荒く、気怠《けだる》そうだ。いつものツインテールも、心なしか力なさげに垂れている。

「美実ちゃんが具合悪そうにしてるなんて珍しいね。いつも元気なのに」

家庭教師としてこの家に出入りするようになって数週間しか経たないが、それでも美実はいつもこちらが引くぐらい元気だった。

「うん。自分でも意外。学校に着くまでは全然元気だったんだけど、熱があることがわかったら、急に身体が怠くなってきちゃったの。でもさあ、たぶん、これ、知恵熱だと思うんだぁ」

「……知恵熱？」

「そう。ゆうべ、晩ご飯を食べたあと、翔太先生に教えてもらったところを復習したり、辞書を引きながら英文を一生懸命訳してて……。翔太先生にあんまりバカだと思われたくなくて……。だけど、あんなに真剣に勉強したのは初めてだったから熱が出たんだと思うの。翔太先生の部屋に行ったのも、自習をしてたことを言って褒めてもらいたかったからなんだぁ」

そう言って美実がため息をつく。

背中を丸めてうなだれている姿は、いつもの元気な美実とはまったく違ったが、それはそれでなんだか可愛い。

その小さな肩を抱きしめてやりたくなる。

腕がムズムズして、自分を抑えきれない。今まさに手を伸ばしそうになったとき、美実が翔太の横をすり抜けてしまう。

「少し横になるね」

力なく言って、美実が二階へ行ってしまった。

できることなら、体調不良を代わってあげたい。これって、もうほとんど愛じゃないのかと、翔太は思ってしまうのだった。

5

翔太はリビングでテレビを観て過ごしていたが、二階で寝ている美実が気になって仕方ない。

テレビが正午を伝えた。

そういえば腹がへってきた。冷蔵庫を開けると、紗奈が翔太のための昼食を作って入れておいてくれていた。あとはレンジでチンすればいいだけだ。

もちろん翔太の分しかない。

美実は食欲がないかもしれないが、なにか胃に入れたほうがいいだろう。こういうとき、田舎の母はおかゆをつくってくれたものだ。

といっても翔太は自炊はほとんどしたことがない。だけどこんなときはググればいいのだ。

翔太はスマホで検索し、おかゆを作り、それをトレーに乗せて階段を昇った。

美実の部屋の前に立ち、声をかける。

「美実ちゃん、起きてる?」

「う……うん、起きてるよ」

美実の相変わらず元気のない声が聞こえる。

「具合はどう？　なにか少し食べたほうがいいと思って、お昼ご飯におかゆを作ってあげたから、ここに置いとくね。あとで食べて」

おかゆを載せたトレーをドアの横に置いて立ち去ろうとすると、部屋の中から美実が慌てた様子で言った。

「あっ、翔太先生、中まで持ってきてぇ」

甘えん坊の子供のような声だ。病気で弱っていて、ベッドから下りてドアを開けるのもしんどいのかもしれない。

「いいよ。じゃあドアを開けるね」

ドアを開けると、美実の部屋には昨日の何倍も濃厚な甘ったるい匂いが充満していた。

窓を閉め切っていたし、少し熱があるといっていたので、美実の体臭が強く出ているようだ。

でもそれは決していやな匂いではない。それどころか、もっといっぱい嗅ぎたくなる匂いだ。

愛猫家が猫の体に顔を押しつけて匂いを嗅ぐ『猫吸い』という行為があるが、美実の身体に顔を押しつけて思いっきり息を吸ってみたくなる。そう、『美実吸い』をしてみたい……。

（なにを考えてるんだ、僕は。相手は家庭教師相手の妹、しかも中一女子じゃないか）

翔太は必死に理性で欲望を抑え込んだ。おかゆを机の上に置いて、家庭教師の顔で美実に訊ねた。

「具合はどう？」

「うん。だいぶよくなったよ。熱ももう下がったんじゃないかな？　翔太先生、手を貸して」

布団の中から美実が手を出して、翔太の手首をつかんだ。そして翔太の手を自分の額へと導く。

戸惑いながらも、翔太は美実の額に手のひらを当てた。

肌理《きめ》の細かいしっとりとした肌。水分量がすごい。大人の肌とは全然違う。翔太はその触り心地に心を奪われてしまった。

「翔太先生？　なにをボーッとしてるの？　ねえ、美実の熱はもう下がったかな？」

少し怒ったような口調で言われ、翔太は我に返った。美実の額に手を当てたまま首を傾げた。

「う～ん。どうだろう？　特に熱はないような気がするけど、まだちょっと熱いのかなぁ」

はっきり言わないのは、もっと美実の額に触っていたいからだ。

「もお……。翔太先生、ちゃんと計ってよ」

美実が身体を起こし、翔太の頭を両手でつかんで自分のほうに引き寄せる。

「えっ？　な、なにをするんだよ？」

「額と額で計るの。こうやったら熱があるかどうかわかりやすいでしょ。いつもママがしてくれるよ」

そう言いながら美実は翔太の額に自分の額をそっと押し当てた。すぐ近くに美実の可愛い顔がある。

つぶらな大きな瞳。なめらかで光沢《こうたく》さえある、きれいな肌。やわらかそうな唇。

翔太と美実は額を触れ合わせたまま、じっと見つめ合う。

翔太はもう動けない。ちょっとでも動くと、なにかとんでもないことをしてしまいそうだ。

と、そのとき美実の唇が微かに動いた。

「翔太先生、どう？　熱あるかなぁ？」

美実の吐息が翔太の顔を舐める。

ゾクッとするような興奮が身体を駆け抜けた。気がつくとズボンの中でペニスが痛いほどに勃起していた。

翔太はそれとなく腰を引き、額を触れ合わせたまま答える。

「……ど……どうだろう？　よくわからないなあ」

熱は特にないように思う。だけど、もっとこうしていたくて、翔太は曖昧に答えた。

「じゃあ、こっちでも計ってみて」

額をくっつけたまま、美実はピンク色の可愛らしいパジャマの裾をめくり上げて、翔太の手を自分の腋《わき》の下へと導き入れた。

「うっ……なにをするんだよ!?」

「翔太先生の指を体温計の代わりにして、美実の熱を計ってほしいのぉ」

美実は翔太の指を腋に挟んでみせた。

美実の腋の下は温かい。微かに汗ばんでいて、そのことに興奮してしまう。でも、熱があるのかどうかは判断がつかない。

翔太は額を触れ合わせて腋の下に指を差し込んだまま正直に言った。

「やっぱりわからないよ」

「じゃあ、こっちで計る?」

美実は翔太の手を、今度はパジャマのズボンの中へと導き入れた。

「えっ……美実ちゃん……」

翔太は驚きの声をもらしてしまう。

指先がつるんとした肌に触れた。本来なら陰毛があるはずの場所だ。

(ま……まだ毛が生えてないんだ……。ああ、美実ちゃん……)

驚いたが、美実の幼い顔立ちからは、そこがツルツルであることは当然のことのように思える。

すぐに手を引かなければいけないと思いながらも、翔太は美実に導かれるまま、そのもっと奥まで手を入れてしまう。

「あっ……」

美実の唇から、短く声がもれた。

翔太の指先に、ぬるりとしたものが触れている。翔太は全神経を指先に集中した。

そこは幼い陰部だ。しかも、濡れている。

腋の下の微かな湿り気とはまったく違う。ヌルヌルとした液体がたっぷりと溢れ出ているのだ。

「どう？　翔太先生、美実、熱があるかな？」

美実の問いかけに、翔太の理性は完全に麻痺してしまう。もうこれ以上、欲望を抑えきれない。

「う……う〜ん、どうだろう？　こんなふうに外側に触るだけだと、まだちょっとわからないなあ」

「じゃあ、もっと奥まで触ってもいいよ。でも、痛くしないでね」

すぐ近くから見つめ合ったまま、美実が言う。

翔太の喉がゴクンと鳴ってしまった。

でも、美実はいつものように笑ったりしない。ただ切なげな表情で見つめてくるだけだ。

「わかった。もうちょっと奥まで指を入れて熱を計ってあげるね。もしも痛かったら言ってね。すぐにやめるから」

翔太は指を美実の陰部に押しつけた。ぬぷっという音がした。割れ目が剝がれた音だろう。

そして、その割れ目のあいだに指を滑らせると、肉びらが指先にまとわりついてくるのが感じられた。

「ああん……」

美実が年齢に相応《ふさわ》しくない悩ましい声をあげた。

「痛い？」

「……ううん。痛くないよ。それどころか気持ちいい。だけど、人に触られるのは初めてだから、なんだか変な感じ」

美実の顔がどんどん火照っていく。

熱を計るだけなのに……と思いながらも、そんなものはただの言い訳に過ぎないことは、翔太も美実もわかっていることだった。

「もうちょっと奥まで入れたら熱があるかどうかわかるかも。入れていいよね？」

「……うん」

頬を火照らせた美実がツインテールの髪を揺らしながら小さくうなずいた。

許しを得た……。

翔太が指先を押しつけると、やわらかな媚肉のあいだにある窪《くぼ》みに、第一関節のあたりまでぬるりと滑り込む。

そこはもうとろとろにとろけてしまっている。

おそらくここが膣口のはずだが、みっちりと肉が詰まり、これ以上指が入っていきそうな気がしない。

指先を小刻みに動かしてみると、ぴちゃぴちゃといやらしい音が聞こえてきた。

「あああん、翔太先生、変な音がしてるよ」

「ほんとだね。これはなんの音だろう？　ちょっと確認してみてもいいかな？」

もう我慢できない。美実のこの場所がどうなっているのか、見たくて見たくてたまらないのだ。

いや、そもそもこの陰毛も生えていない場所がどんな色でどんな形なのか……。

美実に拒絶されそうで不安だったが、今このときにその問いかけをしなければ、自分は一生後悔するだろう。

そして、美実は翔太の望み通りの返事をしてくれた。

「……うーん。翔太先生が見たいならいいよ」

そう言うと、美実はベッドに仰向けになり、顔を背けてしまった。

でも、変な要求をされたことを怒っているわけではない。ただ単に恥ずかしがっているだけだ。

「じゃあ、これ、脱がすよ。いいね?」

「……うん。いいよ」

顔を背けたまま美実が言う。

翔太は美実のパジャマのズボンに手をかけて引っ張り下ろす。美実はお尻を浮かせて協力してくれた。

両脚からするんと引き抜くと、可愛らしいパンティが露《あらわ》になった。イチゴ柄のピンク色のパンティだ。

よく見ると、股間部分が黒く変色している。

それは陰部が濡れているということだ。しかもグッショリと……。

卑猥な体温測定で興奮した美実が、愛液を大量に溢れさせているのだ。

昨日までの翔太なら、美実のパンチラを見ることができたらそれだけで満足しただろうが、今はただの邪魔な布きれに過ぎない。

その奥がどうなっているのか見たくてたまらない。

翔太は無言でパンティに手をかけた。もしも「これも脱がすよ」と声をかけて「いや」と言われたら最悪だと思ったからだ。

そして美実がなにかを言う隙を与えずに、翔太はパンティを引っ張り下ろす。太腿をパンティがするりと滑り抜ける。

「ああ～ん」

顔を背けたまま美実が切なげな声をもらし、内腿をぴたりと閉じてしまう。

かまわず翔太はパンティを美実の両脚から抜き取った。

見下ろすと、いくら内腿を閉じても、無毛の割れ目が丸見えだ。

「ああ……きれいだよ、美実ちゃん……」

翔太はため息をもらしながら、美実の股間に顔を近づけた。

それはすごくシンプルで、一本の線でしかない。でも、よく見ると、その割れ目のあいだから、透明な液体が滲み出ているのだった。

翔太はそこにおそるおそる手を伸ばした。そして、割れ目を優しく撫で上げる。

「はあっ……」

ほんの少し指先が触れただけで、美実は身体をピクンと震わせた。

「すごい……。美実ちゃんは敏感なんだね。その敏感なところをもっとよく見せてくれよ」

翔太は美実の両脚をつかんで左右に拡げようとした。だが、美実の両脚は硬直したように動かない。

「やっぱりイヤ。そんなところをじっくり見られるなんて恥ずかしいよぉ」

美実が股を閉じて胎児のように身体を丸めてしまった。落胆しながらも、美実に嫌われたくなくて、翔太は優しく声をかける。

「ごめん。美実ちゃんがいやがることはしないよ」

「ほんと？」

美実が顔をこちら向けて訊《たず》ねる。

「本当だよ」

「翔太先生、だ〜い好き！」

いきなり美実が身体を起こして抱きついてきた。

不意をつかれた翔太は仰向けに倒れ込み、ケラケラ笑う美実といっしょにベッドの上を転がった。

その動きが止まったとき、翔太が美実の胸に顔を埋《うず》める形になっていた。

パジャマ越しに、やわらかな感触があった。着やせするタイプらしく、顔に感じる乳房はやわらかくてけっこうなボリュームだ。

それも当たり前だ。美実はGカップの紗奈とEカップの真利亜の妹なのだから、きっと数年後にはかなりの巨乳になっているはずだ。その素質は今でもはっきりとわかる。

翔太はその弾力に頬ずりをし、パジャマの胸元に顔を埋めて息を吸い込んだ。

さっき部屋に入ったときに抱いた衝動。願望。『猫吸い』ならぬ『美実吸い』を実行してみたのだ。

今はもう下がったようだが、さっきまでは熱があったということだからか、寝汗をいっぱい吸ったのか、美実のパジャマは濃厚な体臭がした。

「す〜は〜、す〜は〜」と深呼吸を繰り返すようにして匂いを嗅いでいると、いきなり美実がハッとしたように言った。

「なっ……なにしてるの？」

「美実ちゃんの匂いを嗅いでたんだ。すごくいい匂いだよ」

「やだよ〜。そんなの嗅がないで〜。さっき寝てるあいだにいっぱい汗をかいてたはずなのに。パジャマに匂いがついちゃってるよ〜」

翔太を押しのけると、美実はすばやくパジャマを脱ぎ捨てて、それをベッドの横に放りなげた。

パジャマが汗臭いはずだから脱ぎ捨てたということのようだ。その短絡的な行動が、中一の女子らしくて可愛らしい。

おかげで、翔太は美実の全裸を拝むことができた。

美実の乳房はそれほど大きくはないが、形がすごくきれいで、乳首がツンと上を向いている。

それに贅肉のいっさいない身体。肌は透き通るように白く、まるで陶器でできているかのようだ。

「美実ちゃんの裸……すごくきれいだよ。ううう っ……」

翔太は美実を抱きしめて、唇を重ねた。

「はあっぐ……翔太先生……ダメだよ、そんな……ああうぐっぐ……」

熱烈なディープキスを繰り返した。

おそらく美実はこれがファーストキスだろう。もっと軽いキスのほうがいいかと思ったが、もう理性が飛んでしまった翔太は本能のまま美実の舌と唾液を貪《むさぼ》ってしまう。

そのとき、机の上のスマホが鳴りはじめた。

美実のスマホだ。自分の子供と連絡がつかない状況が不安なのか、亜希子は三姉妹全員に自分専用のスマホを持たせていた。

唇を触れ合わせたまま、美実がスマホを見ている。

「出なくていいの？」

「たぶん、ママだと思う。学校から連絡がいったのかも。熱があったから帰らせたって。うちの学校はそういうところはちゃんとしてるの。でも平気。出なかったら寝てると思うはずだから」

亜希子の顔が頭に浮かんだ。

「娘たちをよろしく頼むわね」と翔太を信じ切った亜希子の顔。こうして体調不良の娘を心配して電話をかけてきている優しい母親……。

まさか家庭教師の翔太が自分の娘……中一の娘を全裸にしてディープキスをしているとは想像もしていないはずだ。

こんな翔太を非難するようにスマホが鳴りつづけている。

急に理性が戻ってきて、翔太は美実から身体を離した。

「どうしたの？」

「やっぱりダメだよ、こんなこと」

翔太はベッドから飛び降りて部屋から出ていこうとした。

「待って！」

美実も翔太を追ってベッドから飛び降りた。それと同時にスマホの着信音が消えた。

「翔太先生、待ってよ！」

美実の声が泣き声になっていた。

ドアノブを握ったまま振り返ると、全裸で立ち尽くす美実は、初めて見せる弱々しい表情をしていた。

「美実はやっぱり魅力ないよね。チビだし、痩せっぽちだし、女としての魅力なんか全然ないんだ。真利亜姉さんみたいな美人か、紗奈姉さんみたいに巨乳の女の子のほうがいいんだよね？」

「そんなことはないよ。美実ちゃんはすごく魅力的だよ」

落ち込んだ様子の美実を目の前にして、否定しないではいられない。

もちろん、それは翔太の本心でもあった。真利亜も紗奈も魅力的だったが、美実もそのふたりに負けないぐらい魅力的だ。

しかも、美実は今、全裸なのだ。その裸はまぶしいぐらいに瑞々《みずみず》しい。

「嘘。翔太先生は優しいから、美実を傷つけたくなくてそんなことを言うんだ」

美実は両手で顔を覆ってしまった。

でも、形のいい乳房と、無毛の割れ目が丸見えだというアンバランスさが、危険なほどのエロスを漂わせている。

亜希子からの電話で目覚めかけていた理性が、またあっさりと忘却の彼方《かなた》へと消え去ってしまう。

翔太は美実のほうに身体を向けながら言った。

「嘘じゃないよ。美実ちゃんは女性として、本当に魅力的だよ。証拠を見せてあげようか？」

「……証拠？　見せて」

顔を覆っていた手をどけて、なにかを期待する目つきで美実は言った。

可愛い……。

自分のことを慕ってくれているこの美少女をひとり残して部屋を出ていくなんて、まだ若いオスである翔太には絶対にできない。

翔太はドアのところに立ったまま、服を脱ぎはじめた。

美実が息を飲み、じっと見つめてくる。その興味津々といった視線に愛撫され、翔太の全身に鳥肌が立ってしまう。

そして翔太は最後の一枚——ボクサーブリーフを両脚から引き抜き、両手を腰に当てて胸を張った。

「これが証拠だよ」

バナナのように反り返ったペニスが、美実の目の前に晒された。もうはち切れそうなほど力を漲《みなぎ》らせている。

それも無理はない。美実という幼い美少女の陰部を触り、身体の匂いを嗅いだばかりなのだから。

「す……すごいよ、翔太先生……。それ、普通の大きさなの？」

美実が目を見開き、口を半開きにして、呆然と翔太の股間を見つめる。

「どうだろう？　他の人とは比べたことがないから」

でも、たぶん平均よりは大きいはずだ。ＡＶなどを観ても、自分よりも大きい人はそういなかった。

「ほら、美実ちゃんが魅力的だから、僕のがこんなになってるんだ。自分がどれだけ魅力的かわかるだろ？」

翔太は下腹に力を入れてビクンビクンと勃起ペニスを動かしてみせた。それを美実の大きな瞳がじっと見つめる。

まるで猫じゃらしを鼻先で振られた猫のようだ。興味津々《しんしん》で、今にも飛びかかりそうにしている。

それでもまだ美実は躊躇している。

「いいんだよ。触ってみても」

そう言ってやると、美実は翔太のすぐ近くまできて膝立ちになり、おそるおそるといった様子で、慎重に手を伸ばしてきた。

その指先が肉幹に触れた。冷たい指の感触に、翔太の肉棒がビクン！と反応してしまう。

「うわっ……」

驚いて美実が手を引いた。

「ごめん。驚かすつもりはなかったんだ。でも、美実ちゃんの指が気持ちよくて……」

「ちょっと触っただけで、そんなに気持ちいいの？じゃあ、美実のアソコといっしょだね」

「そうさ。いっしょさ。だから、もっと触って気持ちよくしてよ」

「うん、わかった」

美実がもう一度、ゆっくりと手を伸ばしてくる。そして、小動物でも捕まえるように、今度はすばやくペニスをつかんだ。

ギュッと握られると、その気持ちよさにペニスが活きのいい魚のようにビクンビクンと暴れてしまう。

「ああ～ん、すごいぃ。翔太先生のオチ×チン、すごく熱くて、すごく硬い。それにすっごく大きいよ」

美実の小さな手では指がまわりきらない。暴れるペニスを逃がすまいといったふうに、美実は両手でペニスを握り締める。

「美実ちゃんの手、しっとりしてて最高に気持ちいいよ」

「ほんと？　じゃあ、もっと気持ちよくしてあげたいなぁ。どうすればいいの？」

「そうやって握り締めたまま、手を上下に動かしてみて」

「こんな感じ？」

素直な美実は、一生懸命に両手でペニスをしごいてくれる。

その快感は強烈だ。しかも、美実は全裸で小ぶりな乳房とツインテールの髪を揺らしている。

そんな姿を見下ろしながらペニスをしごかれていると、身体の芯がゾクゾクするぐらい興奮してしまう。

しかも美実は翔太が教えたわけでもないのに、それが本能なのだろうか、カリクビのところを重点的に擦り上げるのだった。

「うっううぅ……気持ちいいよ。ああ、上手だよ、美実ちゃん……」

「美実、才能ある？」

「う……うん、あるかも」

「うれしいなあ。翔太先生がよろこんでくれてるのがすっごくうれしいの。あれ？　先っぽからなんか出てきたよ」

「そ……それは我慢汁って言って、気持ちいいと出てくる液なんだ」

「そうなんだぁ。これ、美実に触られてよろこんで出てきた液なんだね。どんな味がするのか舐めてみてもいい？」

「うっ……そ……それは……」

中一女子にそんなことをさせていいのだろうかという罪の意識が騒いだ。

「ダメなの？」

手の動きを止めて、美実が上目遣いに翔太の顔を見つめる。少し拗《す》ねたような、媚びるような顔つき。

(可愛い……。美実ちゃん、すっごく可愛いよ)

この可愛い女の子の願いだったら、どんなことでも叶えてやりたい。しかも美実は亀頭を舐めたいと言ってくれているのだ。

考えてみたら、翔太が断る理由なんか、なにもない。

「いいよ。舐めてみて」

「うん。じゃあ舐めるね」

決意を込めるようにそう宣言すると、美実は両手でペニスをつかんだまま、亀頭に顔を近づけていく。

緊張しているのがわかる。

初めて見る勃起状態のペニスは、きっとかなりグロテスクなのだろう。それでも翔太をよろこばせるために舐めようとしてくれているのだ。

期待感にペニスがピクピクと細かく震え、我慢汁の量がさらに増す。

そんな翔太が見つめる中、美実はピンク色の可愛らしい舌を伸ばし、亀頭をぺろりと舐めた。

「うっ……」

予想以上の快感が肉幹を駆け抜け、またビクン！　と脈動してしまった。

「はあっ……」

驚いて手を離し、美実は身体を引いた。その前でペニスがビクンビクンと脈動し、下腹に貼り付きそうなほどそり返る。

「美実ちゃんに舐められて気持ちよくて、こんなになっちゃったんだ」

「うれしい！　もっと気持ちよくしてあげるね！」

一度舐めて踏ん切りがついたのか、美実は嬉々としてペニスに顔を近づけてきて、亀頭の先端をぺろりぺろりと舐めつづける。

「ううっ……気持ちいい……。すごく気持ちいいよ。あああ……」

翔太は美実の邪魔をしないように、両腕を身体の後ろにまわして股間を突き出しつづける。

「ねえ、翔太先生、もっとどういうふうに舐めたら気持ちいいのか教えて。翔太先生は家庭教師でしょ。教えるのが仕事なんだから」

普通の家庭教師は女子中学生にこんなことは教えない。そう思いながらも、翔太は美実に舐め方の指示を出してしまう。

「そうだなぁ。根元のほうから先っぽへ、舌先を滑らすようにして舐めてみて」

「こんな感じ？」

美実は舌を長く伸ばし、根元から先端へとツーッと舐める。その舌先がカリクビを通過する瞬間、またペニスがビクン！　と頭を振った。

「あれぇ……。やっぱりここが気持ちいいポイントなんだね？」

美実は目をキラキラ光らせながら言う。

「すごいね、美実ちゃん。教えられなくても、自分で発見しちゃうんだから。学校の勉強もそれぐらい頑張ってくれたらなあ」

「しょうがないじゃない。やっぱり興味があることには一生懸命になれるってことだよ。ね、翔太先生」

美実が指でペニスをツンツン突く。その些細《ささい》な刺激さえ快感だ。

「うう……美実ちゃん……。じゃあ、ペニスをもっと気持ちよくするにはどうすればいいと思う？」

美実はペニスをじっと見つめて小首を傾げてみせる。

そして翔太を見上げて、恥ずかしそうに顔を赤らめる。

「え～っとね……アイスキャンディーを食べるときみたいにしゃぶってあげたらいいんじゃない？」

「そんなことをどうして知ってるの？　ひょっとして美実ちゃん、エッチな動画とか観てるの？」

「それは……」

美実の顔が今度は真っ赤になってしまった。

中学生というのは性に対して一番興味がある年頃だ。自分の中学時代を思い出しても、そんな気がする。

「大丈夫だよ。これは性教育なんだから、恥ずかしがったりする必要はないよ。さあ、動画で見たようにしてみて」

翔太は美実の鼻先にペニスを突きつける。

「う……うん……。でも、こんな大きいの、お口に入るかな」

美実は身体が小さいし、顔も小さい。もちろん口だって、かなり小さい。

それでもしゃぶりたい気持ちが強いのだろう、美実は大きく口を開けて亀頭を頰張ってみせた。

「うぐぐ……ぐぐ……」

口の中を完全に塞がれて、美実が呻《うめ》き声をもらす。

でも、その苦しげに歪められた顔が翔太にはとんでもなく卑猥で、さらに興奮を掻き立てられる。

「ああ、美実ちゃんの口の中、温かくて気持ちいいよ」

ビクンビクンとペニスが口の中で暴れ、美実はギュッと眉間にシワを寄せた。

それでも翔太はさらなる要求をしてしまう。

「さあ、美実ちゃん。どうやれば男の人が気持ちよくなるか自分で考えて、いろいろ試してみて」

　すると美実は上目遣いに翔太を見上げながら、首を前後に動かしはじめた。

「うぐ……ぐぐ……」

　苦しげな呻き声がもれる。それでも美実は徐々に恍惚の表情を浮かべはじめる。

　ペニスをしゃぶることで興奮しているのだ。もちろん、しゃぶられている翔太も猛烈に興奮していく。

「ううっ……美実ちゃん……。エロいよ……。ううう、気持ちいいよ……」

　翔太は身体の後ろにまわした両手をギュッと握り締める。

　彼女いない歴二年なので、フェラチオをされるのも二年ぶりだ。

　久しぶりの口腔粘膜の感触はもちろん気持ちよかったが、それよりも可愛らしい少女が苦しげな表情で自分のペニスをしゃぶってくれているというその禁断の情景に猛烈に興奮してしまう。

「うぐぐ……ぐぐぐ……ぐぐぐ……」

　何度も噎《む》せ返り、美実の瞳に涙が溜まっていく。それでも美実はしゃぶるのをやめようとはしない。

　唇の端から唾液が溢れ出て、剝き出しの乳房にぽたりぽたりと滴り落ちる。

ピンク色の乳首が硬く尖っている。

上から見下ろしているために、よく見えないが。おそらくアソコもすごいことになっているはずだ。

その様子を想像すると、またペニスに受けるフェラチオの快感が強烈になる。

「美実ちゃん……。ダメだよ、そんなに激しくしたら、ああ、も、もう僕……」

ピンク色の可愛らしい唇のあいだを自分の肉棒がぬるりぬるりと出入りする様子を見ながら、翔太は情けない声を出してしまう。

フェラチオのテクニック自体は拙《つたな》いものだったが、それでも翔太の身体の奥からはすぐに射精の予感が込み上げてきた。

このままでは美実の口の中に射精してしまいそうだ。

「ダメだ、美実ちゃん。もう止めてくれ」

そう言ってみても、翔太がよろこんでいることがわかるのか、美実はしゃぶるのをやめようとはしない。

唾液を鳴らしながら、さらに激しく首を前後に動かしはじめる。

もう限界はすぐそこまできていた。

このままだと美実の口の中に射精してしまう。

美実はこれが初めてのフェラチオだ。それなのに口の中に射精するなんて許されない。そんなことをしたらいっぺんに嫌いになれられてしまいそうだ。

「ダメだよ、美実ちゃん。それ、気持ちよすぎるよ！　うう！　もう止めて！　ああ、ダメだってば！」

翔太は名残《なごり》惜しさを振り切って、ギリギリのところで腰を引いた。

美実の唇のあいだから抜け出たペニスが勢いよく亀頭を跳ね上げて唾液をあたりに撒き散らし、下腹に当たってパーン！　と大きな音を響かせた。

6

「はあぁぁん……翔太先生、どうしてやめさせるの？　美実のフェラチオ、気持ちよくなかった？」

涎まみれの唇を手の甲で拭《ぬぐ》いながら美実が不満げに言う。

翔太は慌てて弁解した。

「ううん。すっごく気持ちよかったよ。だけど、僕だけが気持ちよくなるのはダメなんだ」

「どうして？」

「こういうことは男と女が同じだけ気持ちよくならなきゃいけないんだ。だから、今度は僕が美実ちゃんを気持ちよくしてあげるよ。さあ、もう一度ベッドへ行こう」

翔太は美実をお姫様抱っこした。それほど力があるわけではないが、美実の体重が軽いので簡単に抱き上げることができた。

そのままベッドまで運んで、静かに降ろす。

「さっきのつづき？　美実のアソコを見るの？」

美実が内腿を閉じ、手で股間を隠しながら恥ずかしそうに訊ねる。だが、その唇には微かに妖艶な笑みが浮かんでいる。

さっきは美実の無毛の陰部をもっと観察したいと思っていたのに、美実が恥ずかしがるから途中でやめたのだ。

でも積極的にフェラチオをしたことによって、美実も少しは恥ずかしさが薄らいだようだ。

それに、きっと今、美実のアソコはムズムズしていて、翔太の愛撫を心待ちにしているに違いない。

「そうだよ。さっきのつづきだ。でも、見るだけじゃなくて気持ちよくしてあげる。

だから、その手をどけて」

「でも……。こんな明るいところで見られるのは恥ずかしいな」

「そんなワガママを言っちゃダメだよ。僕だって、恥ずかしいのを我慢してペニスをしゃぶらせてあげたんだよ。美実ちゃんも我慢しなきゃ」

別に恥ずかしくはなかったし、それどころか力強く勃起している様子を見せつけたかったぐらいだったが、あえて翔太がそう言うと、美実は股間を隠していた手をしぶしぶどけてくれた。

「わかったよ、翔太先生。美実、恥ずかしいけど我慢する。っていうか、翔太先生に全部見てもらいたいかも」

「ありがとう、美実ちゃん。じゃあ、じっくり見てあげるね」

美実の気持ちが変わらないうちにと、翔太は大急ぎで足下へと移動した。そして美実の両足首をつかんで、それを腋の下のほうへ押しつける。

美実は和式トイレで用を足そうとしてしゃがみ込んだまま後ろに倒れたような格好になった。

「あぁぁ~ん、やっぱり恥ずかしいかもぉ」

そう言いながらも、美実は股間を手で隠そうとはしない。その代わり、両手で顔を隠してしまう。

すでにフェラチオをすることで興奮したせいか、陰部は愛液にまみれていて、肉びらが充血し、ひとりでに左右に開いていく。

割れ目の奥の媚肉も淡いピンク色で、そこが溢れ出た愛液でキラキラ光っている。

そして、割れ目の下のほうにある膣口が、呼吸に合わせてヒクヒク動いている。

「あぁ、きれいだ……。恥ずかしがる必要なんかないよ。美実ちゃんのオマ×コ、すっごくきれいだよ」

「本当?」

翔太の言葉を聞いた美実が顔を覆っていた手をどけて、首を起こしてこちらを見た。

その瞬間、翔太の股間に衝撃が走った。

「うっ……。美実ちゃん、エロいよ」

翔太の位置からだと、ヌルヌルになった無毛の処女マン越しに可愛らしい美実の顔が見えるのだ。

「翔太先生、美実、エロい?」

「ああ、エロいよ! エロくて可愛くて最高だよ。うう……、今からもっとエロくしてあげるからね」

翔太は美実の顔を見上げたまま、割れ目の端で皮を被っているクリトリスをペロペロと舐めはじめた。

「はっあんっ……」

美実が感電したように身体を震わせて、喘ぎ声をあげた。

「美実ちゃんは敏感なんだね」

「だってぇ、そこはすごく気持ちいいんだもん」

「そうかぁ。じゃあ、もっともっと気持ちよくしてあげるね」

翔太はペロペロとクリトリスを舐めはじめた。

「あっあああん……はっあああん……」

美実は可愛らしい声で喘ぎながら陰部を晒しつづける。

「すごいよ、美実ちゃん。もうクリトリスが勃起して皮が完全に剝けちゃったよ」

「やだよ～。翔太先生、そんなことをいちいち言わないで。恥ずかしいぃ」

「ごめん、ごめん。お詫びに……」

翔太はクリトリスの上、少しヘソ寄りのほうに指を押しつけた。すると勃起したクリトリスがこれでもかと、完全に姿を現した。

そこを舌先でチロチロとくすぐるように舐めてやると、美実は滑稽なほどの反応を見せる。

「あっ、ダメ、翔太先生、そ、それ、気持ちよすぎちゃう！　あああああん！」

ヒクヒクと腰を震わせるその様子が面白くて、翔太はさらに舌先でクリトリスを舐め転がし、チューチュー吸い、前歯で軽く嚙んでやった。

その瞬間、美実の身体がビクン！　と跳ねた。

「あっはあああん！」

そして、美実はぐったりと四肢を伸ばした。

「美実ちゃん、イッちゃったの？」

「……うん、イッちゃった。恥ずかしい……」

美実は両手で顔を隠してしまった。

エクスタシー自体はオナニーで経験済みなのだろう、特に驚いたり戸惑ったりしている様子はない。

ただ、美実はずっとヒクヒクと腰を震わせている。

「どうした？　美実ちゃん、腰がヒクヒクしてるよ」

「あああん、翔太先生……。なんだかアソコの奥のほうがムズムズしてしょうがないのぉ」

それは子宮が挿入を求めているということか……。
いいのだろうか？　今更ながら罪の意識が蘇《よみがえ》ってくる。相手が中一女子だという
ことだけではない。亜希子の信用を裏切ることにもなる。
もうここでやめておいたほうがいい……。
でも最後に、もう一度だけ美実の陰部をよく見ておきたいと思って、両手を膝に添
えて股を開かせると、美実の膣口がヒクヒクと動き、溢れ出た愛液がアナルのほうへ
と流れ落ちた。
ズキンと翔太の下腹部に衝撃が走った。
（やっぱり入れたい……。美実ちゃんのここに、僕のこの硬くなったものを入れたく
てたまらないよ）
翔太のペニスはバナナのようにそり返り、先端がヘソの下あたりに食い込みそうに
なっている。
今までにこんなになったことはない。それぐらい翔太は興奮しているのだった。
でも、相手は処女だ。いきなりこんな大きなものを挿入するのは無理だろう。指で
少しほぐして、穴を拡張してやる必要がある。
「美実ちゃん、今度は指で中を気持ちよくしてあげるよ」

「えっ……？　う……うん、わかった。だけど、痛くしないでね」

美実が怖がっているのがわかった。

「ひょっとして指を入れたことは……？」

「ないよ！……そんなの。オナニーはしたことがあるけど、クリトリスを触るぐらい。だって、中は好きな人のために大切にとっておいたの。それが翔太先生だよ。だから、いっぱい触って」

火照った顔を向けながら美実が言う。それを見た翔太の全身がよろこびに震えてしまう。

翔太は決意を込めた声で言った。

「いっぱい触って気持ちよくしてあげるからね。ちょっと両膝を抱《かか》えててくれるかな？」

「え？　また？　恥ずかしいよぉ。翔太先生、変態だよね」

文句を言いながらも、美実は素直に両膝を抱えてみせる。

すると無毛の陰部がこれでもかと突き出される。

そこはさっき見たときよりも、充血し、愛液にまみれてヌラヌラ光っている。その様子はいやらしすぎる。

しかも、膣口が指での愛撫を催促するようにヒクヒクしているのだ。

そこは媚肉がみっちりと詰まり、穴の奥は見えない。それぐらい狭くてきついということだ。

翔太が大学一年生のときに付き合った彼女は、そのときすでに処女でなかった。

そのことは残念だったが、彼女が翔太をリードしてくれたおかげで初体験を難なく済ませることができたのだった。

でも、やはり男なら前人未踏の地を踏みしめたい思いもある。こんな可愛い女の子の、誰も触れたことがない膣の中の感触を味わいたい。

翔太は鼻息を荒くしながら、膣口に指先を押しつけた。

たっぷりと溢れ出た愛液の助けを借りて、指は第一関節あたりまで、ぬるりと埋まった。

「はぁぁぁん……」

鼻奥を切なげに鳴らして腰をピクンと震わせたが、美実は翔太に向けて両膝を抱えた体勢を取りつづける。

「美実ちゃんのここ、すごく狭いね。それに温かくて気持ちいいよ」

「中を触られるのって変な感じ」

「痛くない？」

「うん。大丈夫だよ」

「じゃあ、ちょっと動かすね」

いきなり奥まで指を入れることは憚《はばか》られたので、翔太は第一関節あたりまで挿入した状態で、抜き差ししはじめた。

指と膣がくぷくぷと音を立て、さらなる挿入を手助けするように愛液がどっと溢れ出てくる。

「ああん、翔太先生……。それ……変な感じ……。なんだか身体がゾクゾクしてくるよぉ」

その言葉は本当なのだろう、美実の白い肌に鳥肌が立っている。

「もう少しほぐしたら、僕のペニスを入れてもいいかな？」

「えっ？　翔太先生のオチ×チン……」

美実の視線が翔太の股間に向けられる。

「やっぱり怖いかな？」

「ううん。翔太先生のオチ×チンで美実、処女を卒業したい」

「本当にいいんだね？　じゃあ、もっとここをほぐしておいたほうがいいね」

翔太は徐々に指を奥まで入れていく。じっくり時間をかけて愛撫している効果か、美実の膣はかなりほぐれてきたようだ。

それでも指一本でキツキツだ。

もっともっととろけさせてやらないと、自分でもあきれるほど元気になっているこのペニスは入らないだろう。

翔太は指を抜き差しする動きに円を描くような動きを付け足し、膣壁を満遍なく擦りまわす。

くちゅくちゅと音がもれ、翔太の指が真っ白になっていく。

「美実ちゃん！　美実ちゃんのアソコからすっごく濃い愛液が出てきたよ。ほら」

白くなってしまった指を美実に見せつける。

「え？　なに、それ？　ああん、そんなの出たことないよ」

「これは本気汁っていうんだよ。ものすごく興奮したときに女の人のマン汁はこういうふうに濃厚になっちゃうんだ」

「翔太先生、ほんとに物知りだね。やっぱり家庭教師の先生なだけはあるよ」

「まあね」

感心している美実の膣壁のざらざらした部分を指で擦り上げ、翔太はその感触といやらしい眺めを堪能しつづけた。

「あぁぁん……翔太先生……。ああ、美実、またイキそうだよ。はっあああん……」

いきなり美実が身体を硬直させた。

膣壁がきゅーっと収縮し、翔太の指を締めつける。

そして胎児のように身体を丸めて荒い呼吸を繰り返す。

7

「す……すごいね、美実ちゃん、処女なのに中イキするなんて」

「はあぁぁぁん……。中イキってなに？」

朦朧《もうろう》とした瞳を向けてくる。

「クリを弄《いじ》られてイクのは外イキ。オマ×コの中を刺激されてイクのを中イキっていうんだよ」

「ふ～ん。やっぱり翔太先生は物知りだね」

こんなことを感心されていていいのだろうかという思いながらも、二度目のエクスタシーを終えてしどけなく横たわる美実を見ていると、なにもしていないのにペニスがピクピクと武者震いしてしまう。

「翔太先生……。オチ×チンがなんだかすごいことになってるよ」

「……うん、まあ。このあとこれで美実ちゃんの処女を奪うことになるんで、そのことを考えただけで、もうこんなになっちゃうんだ」

「そんなに美実のことを思ってくれてるの？　うれしい！　美実も翔太先生と早くひとつになりたいよ」

「だけど……入るかな？」

美実のアソコはかなり狭い。まだ指一本しか入ったことはないのだ。

「翔太先生がいっぱいほぐしてくれたから、たぶんもう大丈夫だよ。それに、やりたいことがあったらとりあえずチャレンジすることが大切なんだって、学校の先生が言ってたよ。だから、試してみて」

美実が翔太に向けて、両脚を大きく開いてみせた。

無毛の陰部がとろとろにとろけている。その美しすぎる膣穴に、自分のものを挿入したくてたまらない。

「うん、わかった。やってみよう」

翔太は心を決めた。

大きく開いた美実の両脚のあいだに身体を移動させ、そり返るペニスを右手でつかんで、その先端をぬかるんだ膣口に押し当てる。

クプッという音とともに、パンパンにふくらんだ亀頭が半分ほど埋まった。亀頭に触れる温かな媚肉の感触は、フェラチオの快感の数倍の気持ちよさだ。

だが、先端だけではなく、ペニス全体で美実の媚肉を感じたい。

「美実ちゃん、入れるよ」

「うん。入れて、翔太先生。はぁぁあ……」

美実が両手を差し出し、うっとりとした顔で言う。

翔太はそんな美実を見下ろしながら、押しつける腰の力を強めたり弱めたり繰り返した。

最初は硬く閉じて拒否する膣口だったが、入口付近を何度も何度もノックしつづけると、徐々に戸口を開いてくれてきた。

巨大な亀頭が半分ほど埋まり、その位置でさらに小刻みに動かしつづけていると、不意に美実の膣口が開き、ぬるりと滑り込んだ。

「あっはあぁ……」

美実が戸惑いの声をもらし、同時に膣壁がきつく締まる。

「ううう っ……」

翔太は思わず呻き声をもらした。

過去の経験人数はひとりだけだ。その彼女の膣もかなり狭くて気持ちよかったが、美実の膣はそれとは比べものにならないきつさだ。

身体がまだ未成熟なせいもあるのだろう。

ただ、いくらきつくても愛液が大量に溢れ出ているために翔太は痛くはないし、逆にヌルヌルと滑りペニスは強烈な快感を受ける。

「ううう……気持ちいいよ。美実ちゃんはどう？　痛くない？」

「う……うん。少し痛いけど平気。翔太先生が気持ちよさそうな顔をしてくれてるのがうれしいの。もっと奥まで入れていいよ」

「わかった。じゃあ、ゆっくり入れるね」

翔太が腰を押しつけると、美実の膣肉がメリメリと押し拡げられていく。

「あんんん……」

可愛らしい美実の顔が苦しげに歪む。

「大丈夫？　痛くないか？」

「うう……。平気。ただちょっと変な感じがするぐらい」

それは無理しているように思えたが、翔太としてもここでやめるわけにはいかない。男としての本能が身体の内で暴れまわり、美実の処女を完全に奪ってしまいたくてたまらないのだ。

翔太は小刻みに腰を動かしながら、少しずつ美実の中に入っていく。

「ううう……、せ、狭い……」

それでも念入りなクンニと指マンですっかりとろけていた処女穴は、巨大な肉の棒を徐々に飲み込んでいく。

「ああん……、入ってくるぅ……。翔太先生のオチ×チンが入ってくるよ。はあぁん……」

「おおううう……、美実ちゃん……。んんん……。き……気持ちいい……」

翔太は美実の上に身体をあずけ、唇を重ねた。そして舌を美実の口の中にねじ込む。

「うっ……んんん……」

美実はそのキスを受け入れ、翔太の舌に自分の舌を絡《から》め返す。

生まれて初めてする美実のディープキスはぎこちないが、それでもよろこびをたっぷり発散しているのがたまらなくそそる。

ペニスがピクピクと細かく震えてしまうほど硬くなり、それを包み込む膣壁はさらにとろとろになっていく。

舌を絡め合って美実の意識をディープキスに向けておき、その隙をつくように翔太はペニスを細かく抜き差ししながら徐々に奥のほうまで侵入していく。

そして、ふたりの身体がぴたりと重なり合った。

「入った！」

「え？」

「奥まで入ったよ。ほら、美実ちゃん、見てみて」

翔太が身体を起こすと、美実もまだ少し苦しそうにしながらも肘をついて上体を起こし、自分の下腹部をのぞき込んだ。

「ほんとだ！　すごい！　翔太先生のオチ×チンが全部入っちゃったよ！　だってあの大きさだよ。ここまで入ってるの？　すご～い！」

美実は自分のヘソの上あたりを手で押さえながら感動の声をあげる。

確かにこの小さな身体に自分の大きな勃起ペニスがすっぽり入っていると思うと、不思議な気持ちになってしまう。

「もうこれで美実ちゃんは処女じゃないんだ」

「うれしい！　翔太先生とセックスできたんだね」

美実は特に痛がっている様子はない。それどころか、ときどき膣壁がキュッキュッと収縮して、さらなる刺激を求めてくる。

「でも、まだこれは始まりだよ。セックスは挿入してからが本番なんだ」

「そうなの？　じゃあ、翔太先生、セックスの本当の気持ちよさを美実に教えて」

「うん。教えてあげる。動かすよ」

翔太はゆっくりとペニスを引き抜いていき、完全に抜けきる手前で止めて、また根元まで突き刺していく。

そんな動きを何度も繰り返した。

「はあああぁぁ……あああああん……」

抜き差しする動きに合わせて、美実の声が長くもれる。

大量に溢れた潤滑油の力を借りて、翔太はおそろしく狭い膣道にペニスを抜き差ししつづけた。

すぐ目の前には美実の可愛らしい顔。唇を重ねてキスをしたり、首筋を舐めまわしたり、乳房を揉んだりしながら、規則正しくペニスを出し入れしつづける。

「あああん、翔太先生……あああっ……はあああん……」

美実は可愛らしく喘ぎつづける。

だが、挿入だけではさすがに処女をイカせることはできそうにない。それに初めての美実の身体には、あまり長時間のピストン運動は負担が大きいはずだ。

翔太はペニスを抜き差ししながらクリトリスを指でこねまわした。

すでにオナニーでクリトリスは開拓され尽くしていた美実は、いきなり激しく反応する。

「あっ、ダメ、翔太先生！　あああっ、そこはずるいよ。あああん！」

「いいんだよ。セックスはすべての性感帯を総動員する行為なんだから。二点責め、三点責めは当たり前なんだ。ううう……美実ちゃんのオマ×コ、奥のほうがグニグニ動いてむちゃくちゃ気持ちいいよ」

「あああん、三点責め？　なにそれ、じゃあ、三点責めしてほしい。あああん、翔太先生～」

「うううっ……わかったよ。これでどうだい？」

翔太はペニスを抜き差ししながらクリトリスを指でこねまわし、同時に美実の乳首をチュパチュパしゃぶりはじめた。

「あっ、すごい！　あああん……翔太先生、すごいよ。あああん……もう……もうダメだよ。美実、イキそう。あああん、セックスでイッちゃう」

「いいよ。ほら、我慢しないでイッちゃっていいよ」

そう声をかけると、翔太はペニスで膣壁を、指でクリトリスを責めながら、もう一度乳首に食らいついて舌で舐め転がし、硬くなった乳首を前歯で軽く嚙んでやった。

「ああっ、い……イク～！　はっあああん！」

全身を硬直させたと思うと、美実はガクガクと身体を震わせた。

それでも翔太は腰の動きは止めない。いや、止まらない。射精に向かってペニスを抜き差ししつづける。

「イッたんだね？　美実ちゃん、すごいよ、初めてのセックスで中イキするなんて。ううう……。すごくうれしいよ。ああ、僕ももう……限界だよ」

「え？　精液が出るの？」

美実が朦朧とした表情のまま、喘ぐようにして訊ねた。

「そうだよ。うう……もう……もう出ちゃいそうだよ。ああ……」

「ああん、翔太先生のオチ×チンから精子が出るとこが見たい～！」

美実が苦しげな呼吸をしながら叫ぶ。

「いいよ。見せてあげる。これが男の射精だよ。あっ……もう出る！」

翔太は美実の膣の中からペニスを引き抜いた。と、同時にペニスがビクン！　と脈動し、先端から勢いよく白濁液が噴き出した。

それは断続的に、美実の腹から胸にかけて飛び散りつづける。

「す、すごいよ、翔太先生！　これが射精なのね！　あああん、最高！」

美実の歓声が部屋の中に楽しげに響いた。

8

時間を忘れて、翔太は美実の身体を貪《むさぼ》りつづけた。

処女だった女体も入念な愛撫により、すっかりほぐれ、感度がますますよくなっていくようだ。

翔太の一舐め、一弄りで美実は面白いほど反応するのだった。

もっとも処女を喪失したばかりの若い女体だったので、挿入よりもクンニやフェラによる相互愛撫に時間を費やしていた。

「あぁぁ……、翔太先生……そこ気持ちいぃぃ……。なんだか、どんどん気持ちよくなっていくみたい。あぁぁぁん……」

翔太がクリトリスを舐めながら曲げた指先で膣の入口付近を擦ってやると、美実は大きく股を開いたまま身体をのけぞらせるようにして悩ましい声をあげた。

「じゃあ、もっとしてあげるよ。遠慮しないで、またイッてもいいからね」

そう声をかけると指先で膣壁をゴリゴリ擦りながら、もう一度クリトリスを口に含んでチュパチュパ吸い、舌先でくすぐるように舐め、軽く甘嚙みをしてやった。

「あっ、ダメダメダメ！　翔太先生、それ気持ちよすぎて……また……またイッちゃう……あああ、イクイクイク……イク～！　あっはあああん！」

ビクン！　と身体を震わせて美実がその日何度目かわからないエクスタシーへのぼりつめた。

「ほんと、美実ちゃんの身体は敏感だねえ」

イキすぎてぐったりしている可愛い美実を見下ろしながら翔太が言ったとき、一階で物音がした。

「はっ？」

「えっ？」

翔太と美実は同時に甘美な桃色の時間から現実に引き戻された。

「ただいま～」

微かに聞こえたのは紗奈の声だ。

気がつくと、もう夕方になっていた。セックスに夢中になっていて、時間を忘れてしまっていた。

「美実ちゃん、具合はどう？」

そう声をかけながら紗奈が階段を昇ってくる気配がする。

「ヤバいよ。どうしよう？」

翔太はベッドから飛び降りて、脱ぎ捨てた服を拾い集めた。

それを脇に抱えて部屋から出ようとしたが、もうすでに紗奈は階段を昇りきったようだ。廊下をこちらに向かって歩いてくる気配がする。

今、廊下に出たら鉢合わせしてしまう。もちろん服を着ている時間もない。

部屋の中には隠れられそうな場所はないし、ベッドの下は狭すぎて翔太が潜り込むのは無理だ。

「翔太先生、ここへ」

美実が掛け布団をめくり、翔太を呼んだ。もうそこしか隠れる場所はない。

ドアがノックされた。

「美実ちゃん、起きてる？　開けるよ」

翔太はベッドに飛び乗り、美実に添い寝するように身体を丸めた。そこに掛け布団をかけられた直後、ドアが開けられた。

「あ、紗奈姉さん、おかえり。美実はもうだいぶよくなったよ。お腹へっちゃったなあ。なにか作ってくれない？」

ベッドに横になったまま美実が早口で言った。

「あ……そうなんだ。元気になったみたいでよかったわ。じゃあ、美実ちゃんのためになにか作ってあげるね」

入口のあたりで紗奈が言い、またすぐにドアが閉まる音が聞こえた。

「翔太先生、もう大丈夫だよ」

美実が掛け布団をめくって言った。

「危なかったなあ」

ホッと息を吐きながらも、翔太の不安は消えなかった。あまりにもあっさりとドアを閉めた紗奈の反応が、少し不自然に思えたのだった。

第二章　次女・紗奈の処女を奪う

1

「紗奈ちゃん、また料理の腕が上がったんじゃない？　っていうか、真利亜の好みがわかってきたのかな？」

真利亜が珍しく料理を褒めてくれた。

「お姉さん、ありがとう。お口に合ってよかった」

紗奈は真利亜に返事をしながらも、翔太と美実のことが気になって仕方なかった。

ふたりは妙にすっきりした顔をしている。まるでスポーツで汗を流したあとのようなすがすがしさだ。

（やっぱりふたりは……）

今朝の登校時に美実が発熱チェックで引っかかり、学校に入ることができずに帰宅したことは先生から聞かされていたので、紗奈は六時間目の授業が終わると急いで帰宅した。

美実の具合が心配だったからだ。

家に着いて美実の部屋に直行したが、なんだか様子が変だった。布団が不自然に盛り上がっていて、まるで誰かがその下に隠れているような……。

しかも、部屋の中に妙な熱気がこもっていた。それに匂いが気になった。

生臭いような……酸っぱいような……甘いような……。

その中のひとつは汗の匂いだと感じた。美実が発熱して寝ていたために、汗をいっぱいかいたのかもしれない。

でも、他の匂いは……。それは以前にも嗅いだことのある匂いだった。

そう学校の遠足で森林公園に行ったときに嗅いだ、栗の花の匂いだ。

そのとき「変な匂い」と紗奈が言うと、クラスメイトのマセた女の子が得意げに言った。

「これ、精液の匂いだよ。親戚のオバサンがそう言ってた。栗の花の匂いは精液の匂いにそっくりだって」

そのときは精液がなんなのかもわからなかったが、確認してはいけないことのように思えて「そうなんだぁ」と曖昧に返事をしただけだった。

でも、あとでネットで調べると、男性の性器から放出される液体のことだと知り、身体がカーッと熱くなってしまったものだった。

あのときの栗の花の匂いと同じ匂いが、美実の部屋の中に充満していた。

もちろん美実の部屋には栗の花などない。ということは……。だとしたら、布団の不自然な盛り上がりは……。

そのあと紗奈はそれとなく一階の客間の前で、部屋の中の様子に耳を澄ましてみた。だけど、そこに翔太がいる気配はなかった。玄関には翔太の靴が置かれていたというのに……。

料理を口に運びながら、紗奈はチラチラと翔太の様子を窺《うかが》った。紗奈の視線を感じているようだが、翔太はこちらを見ようとはしない。

それどころか美実のほうも見ようともしないし、真利亜のほうも見ようともしない。ただ無言で黙々と食事をつづけている。

昨夜はあんなにおしゃべりをしていたというのに……。

（やっぱり美実ちゃんと先生は……）

紗奈の中に嫉妬の感情が湧き上がる。

そのことに戸惑いながらも、紗奈は認めないではいられない。自分が翔太のことが好きだということを……。

でも、紗奈は内気で自分の気持ちを相手にぶつけることなどできない。よく言えば天真爛漫《てんしんらんまん》で、悪く言えばワガママな末っ子気質な美実がうらやましい。

「ごちそうさま。紗奈ちゃん、今日のご飯もおいしかったよ。じゃあ、僕はレポートのつづきを書かなきゃいけないから、これで」

翔太が自分の部屋に戻ってしまうと、美実もすぐに食事を終えて二階へ行ってしまった。

「紗奈ちゃん、後片付けは真利亜がしといてあげてもいいよ。料理は全部やってもらってるからさ。やっぱ、長女として後片付けぐらいはしないとママに叱られるし」

いつになく真利亜が優しいことを言う。

「ありがとう、お姉さん」

礼を言い、紗奈は自分の部屋に戻った。

勉強机の前の椅子に座り、何気なくスマホを手に持つ。指先は習慣で動き、いつものように『なんでも質問箱』を開いてしまう。

最近は夕飯後にまったりとそのサイトを見るのが紗奈の習慣だった。どうでもいいような質問に、大勢の人が「ああでもない。こうでもない」と回答を寄せるサイトだ。

ふざけた質問やふざけた回答も多いが、中には真面目なものもある。特に思春期の性の悩みに関するやりとりが、今の紗奈には興味深く、同時に参考になるのである。

「質問してみようかな？」

ふと声に出してみると、それ以外に選択肢はないように思えた。今まではただ読むだけで、質問も回答も投稿はしたことがなかった。

でも、こんなことを相談できる相手はリアル世界にはいない。自分は匿名で、相手の顔も名前も知らないからこそ、正直に質問できるのだ。

《私は少し地味目の中二女子です。好きな男の人がいます。その人は私よりもずっと年上の大学生なのですが、どうやら妹とエッチをしているようです。私はどうしたらいいと思いますか？》

投稿ボタンを押すと、すぐにいくつもの回答が書き込まれていった。

そのほとんどは、《エロい中学生だな。勉強しろ》とか《オジサンが相手をしてあげるよ》などといった、なんの役にも立たないものだったが、三十分後ぐらいに書き込まれた回答が紗奈の心をつかんだ。

《自分の気持ちに正直になって、相手にぶつかっていったほうがいいよ》

紗奈はすぐにその回答にレスをつけた。

《ぶつかっていくっていったって、どうやったらいいのかわかりません。私は地味で内気な女の子なんで……》

その書き込みに、同じ人物からまたすぐにレスがついた。

《あなたにもきっといいところはあるはずです。その点を強調してみたらどうでしょうか？》

紗奈はドレッサーの前に立ってみた。

「紗奈のいいところ……」

それはきっと胸の大きさだ。Gカップの巨乳は男なら誰でもチラ見してしまう。翔太もそうだった。

初めて会ったとき、翔太は一瞬、紗奈の胸に視線を向けて、その大きさに驚いたようだった。

そのあともチラチラと視線を胸に向けてきた。気づいていないふりをしていたが、紗奈はその視線を痛いほどに……いや、気持ちいいぐらいに感じていたのだった。では、この胸をさらに強調すれば、翔太は自分に振り向いてくれるのだろうか？　そんなに簡単にいくものだろうか？　やっぱり無理だ。そんなこと、自分にはできそうにない。

紗奈はまた思い悩んでしまうのだった。

2

翔太が部屋で大学のレポートを書いていると、玄関のほうで物音がした。まだ午前中なので三姉妹が帰ってくるには早い。美実が昨日の初体験の快感が忘れられずに早退してきたに違いない。そう思ったとたん、股間が一気に熱くなる。

「今日も早いんだね、み――」

声を掛けながら廊下に顔を出すと、玄関で靴を脱いでいる紗奈と目が合い、翔太はなんとか美実の名前を呼ぶ直前で言葉を飲み込んだ。

自分は真利亜の家庭教師で、まだ中学生である三姉妹を守るために住み込みをしているのだ。

それなのに、一番下の妹である美実の処女を奪ったなんてことがバレたら大変なことになってしまう。

「先生、ただいま帰りました」

紗奈が長い黒髪を靡《なび》かせながら玄関に上がる。

そのとき紗奈の胸がゆさりと揺れて、ごく自然に翔太の目はそこに引き寄せられてしまった。

制服を着ていてもバストの大きさは隠せない。

しかも、この制服を買ってからも紗奈の乳房は成長しつづけているらしく、ボタンが弾け飛びそうになっている。

紗奈がゴホン！　と咳をした。

ジロジロと紗奈の胸を凝視していたことに気がついて、翔太は慌てて誤魔化した。

「どうしたの？　体調が悪くなった？　咳も出てるみたいだし」

「いいえ。紗奈は元気です。ただ、クラスで体調不良の子が出ちゃって……。その子はすぐに病院へ検査しに行ったんですけど、コロナが陽性かどうか結果がわかるのに時間がかかるので、今日はとりあえず紗奈のクラスは全員自宅待機ってことになったんです」

「そうか……。それなら、なにか勉強を教えようか？」

翔太は真利亜の家庭教師だったが、泊まり込みのあいだは他の姉妹の勉強も見てあげてほしいと亜希子に頼まれていた。

それに美実の勉強は見てあげたことがあったが、紗奈だけはまだ一度も勉強を見てあげたことはなかった。

三姉妹の中で一番成績がいいという話なので、特に家庭教師は必要ないのかもしれないが、美実にしたことに対する罪悪感から翔太はそんなことを口にしてしまったのだった。

一瞬考え込むように顔を伏せた紗奈だったが、すぐに勢いよく顔を上げ、なにかを決意をしたように言った。

「それなら先生……。紗奈は運動が苦手なんで、体育の指導をしてもらえませんか？」

「え？　体育？　う……うん、まあいいけど」

「ありがとうございます！」

紗奈はパッと表情を明るくして、「じゃあ、着替えてきますね」と階段を駆け上がっていった。

家庭教師のバイトをするぐらいだから、翔太はいちおう、勉強にはある程度自信があったが、体育に関してはどう教えたらいいかわからない。

でも、翔太には断るという選択肢はなかった。なんだかよくわからないが、紗奈のあのなにかを吹っ切るような態度が気になっていた。

せっかく紗奈が勇気を出したのに、それを断ってしまってはいけないように思えたのだった。

すぐに紗奈が階段を駆け下りてきた。その姿を見て、翔太は息を呑んだ。

「さ……紗奈ちゃん……」

紗奈は学校で使っている体操服姿だった。

長い黒髪を後ろでひとつに束ねているので、いつもとは少し印象が違う。やわらかそうな頰が強調され、かなり幼く見える。

でも、体操服の胸元は大きく迫《せ》り出し、そのアンバランスさがなんとも言えない卑猥さを醸《かも》し出している。

それに紗奈が穿いているのは赤いブルマだ。

最近の学校はハーフパンツを採用しているところが多いと聞いていたが、紗奈の学校はまだ昔ながらのブルマのようだ。

ブルマは身体に密着し、お尻の形が丸わかりになる。しかも紗奈は胸が大きいだけではなく、お尻も安産型でかなり大きめだ。

童顔と不似合いな成熟したボディがたまらなく卑猥だ。

それに、部屋の中での体操服姿というのが、なんとも言えない禁断の思いを翔太に抱かせてしまうのだった。

「翔太先生、じゃあ体育を教えてください」

「うん、わかった」

そう返事をしてみたものの、体育なんか教えたことはないのでどうすればいいのかわからない。

とりあえず体操から始めることにした。

「まずは準備運動をしたほうがいいね。ラジオ体操でもする？」

「そうですね。先生もいっしょにやってください。ひとりじゃ恥ずかしいんで」

「いいよ。じゃあ」

スマホでラジオ体操を検索して動画サイトの映像を再生させ、それに合わせてふたりで向かい合ってラジオ体操をした。

ほんの数メートルのところで向かい合っているので、紗奈の体操服姿をマジマジと見ることになる。

上下運動をするたびに、Gカップの乳房がゆさゆさ揺れる。健全な体操服姿のその胸の揺れは禁断すぎて、翔太の股間はみるみる力を漲《みなぎ》らせていく。

今日の翔太は寝間着にしているスウエットの上下だ。伸縮性があって楽だが、その分、股間のふくらみが目立ってしまうかもしれない。

いちおう、ぴったりフィットするタイプのボクサーブリーフを穿いていたので、それほど目立たないとは思うが……。

「はあぁ……。体操だけでもけっこう疲れますね」

運動はあまり得意ではないのだろう、ラジオ体操を終えた紗奈はそれだけでもう呼吸を荒くしていた。

白い肌がほんのりと桜色に火照り、後ろでまとめた髪の後《おく》れ毛が汗で頬に数本貼り付いている。

美実や真利亜にはない、妙な色気がある。そのくせ顔は童顔で、頬はぷにぷにしていて乳児のもののようにやわらかそうだ。

そして、なんといってもボディ……。体操服に包まれた身体は、もう大人の女性のようななまめかしさだ。

そのアンバランスな感じが、翔太の理性をグラグラと揺さぶる。

油断したら襲いかかってしまいそうだ。

そんなことは絶対に許されない。紗奈は翔太を信頼して、こんな隙だらけの姿を見せてくれているのだから。

「じゃあ、次は基礎体力作りかな。腕立て伏せはできる？」

「膝をついてならなんとか……」

「じゃあ、とりあえず十回やってみようか」

「はい」

紗奈は床の上に俯せになり、腕に力を込めた。

「ふんっ」

妙な声を出して、上体を起こす。

膝つき腕立て伏せなら女性でもそれほど難しくないようだ。紗奈は二回、三回と腕立て伏せを繰り返した。

その様子を翔太は正面に座り込んで見ていた。

苦しげに歪んだ紗奈の顔はすぐに真っ赤になり、汗が額に滲み出てくる。その様子はまるで性行為の最中を思わせる。

それに胸が床にむにゅりむにゅりと押しつけられ、紗奈の乳房のやわらかさが伝わってくる。

床と紗奈のあいだに手を滑り込ませたくなる、そんな禁断の欲求に抗《あらが》うのに翔太は苦労した。

「も……もうダメです……」

結局、紗奈は六回でギブアップした。

「うん。女の子にしては、よく頑張ったと思うよ。じゃあ、次は腹筋にしようか。僕が手伝ってあげるよ」

紗奈を仰向けにして膝を曲げさせ、翔太はその足首を押さえた。

紗奈の身体に触れるのは初めてだ。

白いソックスの上からだったが、それでも体温も肉体のやわらかさも伝わってきて、さらにペニスが硬く力を漲らせていく。

スウエットパンツの中がそんな状態になっていることを顔に出さないように気をつ

けて、紗奈に声をかける。

「膝を曲げた状態での腹筋を十回やってみよう」

「はい」

紗奈はまた素直に返事をして腹筋を始めた。

膝を曲げた状態で仰向けになり、頭の後ろに手を組み、身体を起こしてくる。

すると、足首をつかんで押さえている翔太に向かって、紗奈の顔が近づいてくるのである。

それはまるでキスを迫ってくるかのようだ。

おまけに紗奈の顔は火照り、汗を滲ませていて、息が荒く、なにか強烈な快感に耐えているかのように見える。

(ああ、紗奈ちゃん……。ダメだよ、僕、もうそろそろ我慢の限界だ)

もう一度、紗奈の顔が迫ってきたら、翔太のほうからも顔を近づけてキスをしてしまいそうだ。

紗奈の顔が近づいてくる。理性が音を立てて崩れていく……。

(紗奈ちゃん！)

翔太が唇を突き出そうとしたとき、紗奈は力尽きたように仰向けに倒れ込んだ。

「はあぁ……。もう無理ですぅ……」

体操服の胸元を大きく上下させながら、苦しげな呼吸を繰り返す。その様子を見て、ハッと我に返った翔太は慌てて身体を離した。

「うん。無理はしなくていいと思うよ。じゃあ、次は……そうだな、腕、腹ときたから、スクワットで足腰を鍛えてみようか」

翔太の提案に、紗奈はまた「はい」と素直に応える。

「でも、スクワットって、どうやればいいんですか？」

「見本を見せるよ」

翔太は肩幅に足を開いて両手を頭の後ろに組み、膝を曲げて腰を落とし、また膝を伸ばしてみせた。

「膝はだいたい九十度ぐらいまで曲げて、なるべく背中をまっすぐにして、反動をつけたりしないで、ゆっくりと上下させるんだ」

「はい。やってみます」

紗奈は翔太の真似をしてスクワットをしはじめた。

だが、翔太が少しガニ股気味だったからか、紗奈も同じようにガニ股でスクワットをしてみせるのだった。

その姿は少し滑稽で、たまらなくエロティックだ。よく見ると、ブルマと内腿のあいだに股えくぼと呼ばれる窪《くぼ》みまで確認できる。

そして上下に身体を動かす度に、紗奈の乳房は体操服の下で、まるで水が詰まったゴム風船のような揺れ方をするのだった。

「ああん、翔太先生……。これ……けっこうきついです。はあああん、膝がブルブルしてきちゃいますぅ」

両手を頭の後ろに組み、胸を張り、ガニ股で中腰になったまま、紗奈は膝を震わせている。

まるで卑猥なダンスを見ているかのようだ。

もう翔太の股間は痛いほどに勃起していた。スウエットパンツの上からでもわかるのではないかと不安になってしまう。

いや、ひょっとして紗奈はすべてお見通しで挑発しているのでは……？

それならその挑発に乗るのが正しい選択なのではないか？

「さ……紗奈ちゃん……僕……」

またまた理性が崩壊寸前だ。翔太は今まさに紗奈に襲いかかりそうになってしまう。

だけど今度もまた、直前でストップがかかる。

「ああん、もうダメぇ。太腿がパンパンになっちゃいました」

紗奈はその場に尻餅をつき、自分で太腿を揉みはじめた。

その表情は、幼さ全開の女子中学生のものだ。翔太は卑猥な妄想をふくらませていた自分が恥ずかしくなってしまった。

3

もう充分だろう。これ以上、紗奈の体操服姿を見ていたら、本当に自分を抑えきれなくなりそうだ。

この辺で〝体育の家庭教師〟はやめたほうがいい、と思いながら翔太は言った。

「これだけでもけっこうな運動になったんじゃない？」

「ほんと、けっこうハードかも。かなり汗をかいちゃいました」

紗奈は手の甲で額の汗を拭うと、無造作に体操服を脱ぎはじめた。

「さ……紗奈ちゃん、なにしてんの？」

翔太が目の前にいることを忘れてしまったのかと思ったが、そうではないようだ。

「ちょっと暑くなっちゃって……」

紗奈は体操服の下には黒いスポーツブラをつけていた。

ただ、Gカップの胸は谷間が深く刻まれ、しかもそこは汗でヌラヌラ光っていて、とんでもなくいやらしい。

翔太の目は紗奈の胸の谷間に釘付けになってしまう。

「さ……紗奈ちゃん……。ハッ……」

谷間を凝視している自分に気がついて、翔太は慌てて顔を背けた。そんな翔太を見て、微かに笑いながら紗奈が言う。

「大丈夫ですよ。これは見せてもいいスポーツブラなんで」

見せていいブラなんてあるのだろうか？ あるわけない。現に今、翔太は劣情に飲み込まれそうになってしまっているのだ。

でも、見せていいブラだと紗奈が言うのなら、遠慮無く見させてもらおう。

翔太はなるべく劣情が顔に出ないように気をつけて紗奈の胸を観察した。

身体にフィットしたセーターを好んで着る紗奈なので、胸の形はすでに確認済みだったが、スポーツブラはさらにはっきりと乳房の形がわかるし、胸の谷間が丸見えなのだ。

目を凝らすと乳首の位置もはっきりとわかる。

翔太がチラチラと胸を見ていると、紗奈が小さくため息をついた。

「やっぱり気持ち悪いですか？」

「え？」

なにを言っているのかわからない。

「紗奈の胸です。大きすぎて気持ち悪いですか？　紗奈はこの大きな胸がいやで仕方ないんです」

紗奈は下から両手ですくい上げるようにして乳房を鷲づかみにしてみせた。

「……ど……どうして？」

「だって、男子たちから『巨乳』ってからかわれたり、大きすぎて気持ち悪いって言われるんです」

なんてやつらだ。もちろん翔太にはそいつらの気持ちはわかる。気持ち悪いどころか、紗奈の大きなオッパイが魅力的すぎてたまらないのだ。

だけど、そんなことを正直に言えるほど大人じゃないから、逆に紗奈をからかうようなことを言ってしまうのだろう。

「気持ち悪くなんかないよ。それどころか、紗奈ちゃんの大きな胸はすっごく魅力的だよ」

「本当ですか？」

両手で胸をつかんだまま、紗奈がすがるような視線を向けてくる。

「本当だよ。僕は紗奈ちゃんのその大きな胸が好きだ。好きでたまらないよ」

「でも、大きくても邪魔なだけで、なんの使い道もないし」

「そんなことないよ。パイズリだってできるじゃないか。Dカップぐらいの娘でも無理してパイズリをすることはあるけど、紗奈ちゃんぐらい大きかったら余裕でできるよ」

「……パイズリ？」

紗奈が少し怯えたように眉をひそめる。

しまった！　調子に乗って変なことを言ってしまった。

体操服姿で運動する紗奈の姿にさっきからずっと興奮していて、おまけに今はスポーツブラ姿で胸の谷間も露《あらわ》になっていることで、ちょっとハイテンションになってしまっていた。

「ごめん。僕が今言ったことは忘れてくれ」

「でも……。紗奈のこの大きな胸が本当に役に立つなら、紗奈、先生にパイズリしてみたいです」

一瞬、時間が止まったように感じた。

翔太は呆然と紗奈と見つめ合う。

「パイズリってどういうことかわかってる？」

おそるおそる訊ねると、紗奈は顔を真っ赤にしてうなずいた。

「前にクラスの男子に『パイズリしてくれよ』ってからかわれて、そのあとネットで調べてみたことがあって……」

（なんてやつだ。紗奈ちゃんにそんな卑猥なことを言うなんて……）

そう思ったが、翔太は今、そいつと同じようなことを口にしたばかりだった。

もちろん反省はするが、紗奈のようなおとなしい女の子が口にする「パイズリ」という言葉のインパクトは強烈だ。

しかも紗奈は今、「先生にパイズリしてみたいです」と言ったのだ。

以前の翔太なら、絶対にその一線は越えなかっただろうが、今は違う。昨日、紗奈よりもさらに一歳年下の美実の処女を奪ったばかりなのだ。

美実の処女を奪ったことで、翔太の中でなにかが変わった。その時点で、もう性欲のブレーキが壊れてしまっていたのだ。

「……じゃあ、一回、パイズリしてみる？」

翔太がおそるおそる訊《たず》ねると、紗奈はコクンとうなずいた。

でも、パイズリは前戯の途中でごく自然に行われる行為だ。改まってパイズリだけするというのは、なかなかハードルが高い。

だけど、もしもキスをしようとしたら、「そんなつもりじゃなかったのに……」と拒否されて、すべてが台無しになってしまうかもしれない。

そのことを恐れた翔太は、あえてパイズリだけをすることにした。

「パイズリをするには、まず僕が下半身裸にならないといけないんだけど、脱いでも大丈夫かな？」

相手は中二女子だ。おとなしい性格の紗奈は、間違いなく処女だろう。いきなり男性器を見せても大丈夫なのだろうか？

しかも翔太のペニスは、もうすでに力を漲らせているのだから。

「……はい、大丈夫です」

紗奈は不安なのだろうか、弱々しい声で答えたが、すぐに付け足した。

「紗奈は……先生のペニスが見たいです」

「見たい？」

そうか。翔太が紗奈の裸を見たいのと同じように、紗奈もまた翔太の裸に興味があるのだ。

美実も同じように、翔太のペニスを見たがっていた。中二の紗奈も、そういうことに興味があっても当然だ。

「いいよ。見せてあげる」

翔太はズボンとボクサーブリーフを脱いで下半身裸になり、紗奈の前で仁王立ちした。

「えっ……」

紗奈は手で口元を覆い、戸惑いの声をもらした。切れ長の目が驚きに見開かれている。

やはり、いきなりこんな状態になったペニスを見せるのは刺激が強すぎたかもしれない。

かといって、もう一度パンツを穿くわけにもいかない。

翔太は勃起ペニスを晒したまま、紗奈のショックが収まるのを待った。

そして、ようやく紗奈が口を開いた。

「……すごいです。ペニスって、こんなに大きいんですね」

「うん、まあ。でも、たぶんこれはかなり大きいほうだと思うけどね」

翔太はつい自慢げに言ってしまう。

「そうなんですね。やっぱり先生はすごいです。あああ、なんだか変な感じです。身体の奥がポカポカしてきました」

そう言う紗奈の顔は赤く火照り、目も少し充血しているようだ。

でも、さっき運動をして顔を火照らせていたのとはまったく違う。明らかに性的に興奮していることがわかる。

そんな紗奈の顔とスポーツブラからのぞく胸の谷間を交互に見ると、ペニスは力が漲りすぎてピクピクと細かく震えてしまう。

「……動いてます？」

「うん。これ、動くんだ」

そう言うと翔太は下腹に力を込めて、ペニスの頭を上下に大きく動かしてみせた。

「す……すごい……。あああ……すごくエッチな気分です……。あああん……パイズリ……。早くパイズリをさせてください」

紗奈が唇をぺろりと舐める。

「うん、まあ、そんなに焦らないで」

翔太はわざと余裕があるふりをして言った。

だが、翔太もパイズリなどされたことがなかったので、どういうふうにするのが正しいのかわからない。

過去に付き合ったことがあるたったひとりの恋人はBカップだったし、美実もパイズリをするにはまだ乳房は発育途上だった。

でも、やったことがないとは言えない。

家庭教師としてのプライド、それに七歳も年上の大学生としてのプライドが、正直に言うことを憚らせた。

「じゃあ、僕の前に膝立ちになってみて」

「はい。こんな感じでいいですか？」

紗奈は素直に膝立ちになり、頭を撫でてもらうのをおねだりする飼い犬のように無垢な可愛い顔で見上げている。

本当ならスポーツブラなんて邪魔なものは脱がしたかったが、それはまたひとつハードルが上がってしまう。

今はとにかく紗奈の気が変わらないように、よけいなことはしないに限る。

「パイズリっていうのは胸の谷間にペニスを挟み込まなきゃいけないんだ。だから、ちょっと失礼するね」

翔太はガニ股になって腰を落とし、スポーツブラの真ん中のあたりをつまんで手前に引き、その下──乳房のあいだにペニスをねじ込んだ。

「あっ……」

紗奈が身体を硬くする。

だが、乳房はありえないぐらいやわらかい。そして温かい。そのふたつのふくらみのあいだに、翔太のペニスはすっぽりと隠れてしまう。

さらに腰をグイッと突き上げると、白い胸の谷間に亀頭が顔をのぞかせた。

「あああん……翔太先生……なんか変な感じです……」

紗奈が膝立ちになったまま顔を赤らめる。

ペニスに触ったこともないのに、それがいきなり自分が身につけているスポーツブラの中に入ってきて、さらにはそれを乳房で挟み込んでいるのだから当然だ。

「紗奈ちゃんのオッパイ、すごく気持ちいいよ」

「本当ですか？　うれしいです」

紗奈が上目遣いに翔太を見上げる。

上から見ると、その紗奈の可愛い顔と、スポーツブラに包まれたGカップの乳房と、そのあいだから顔をのぞかせた亀頭がひとつのフレームに収まっているのである。

いやらしすぎる眺めに、翔太の腰がひとりでにヘコヘコと動きはじめてしまう。

だが、しっとり肌の紗奈の乳房は翔太のペニスに吸い付き、うまく擦り上げることができない。

当たり前のことだが、胸の谷間には愛液は出ない。汗を大量にかいていればいいかもしれないが、今の紗奈は少し汗ばんでいる程度であまり滑らない……。

ふと思いついたことを翔太は口にした。

「そうだ。紗奈ちゃん、僕のペニスの上に唾を垂らしてみて」

「えっ……唾ですか……。でも、そんなの汚いです」

紗奈はいやそうに顔をしかめてしまう。

紗奈はまだ処女なのだ。粘液を絡《から》め合うセックスの経験もないのだから、唾を垂らすことに抵抗があって当然だ。

「大丈夫だよ。紗奈ちゃんの唾は全然汚くなんかないから。その唾で滑らせると、もっと気持ちよくなれるんだ」

「……わかりました。先生が気持ちよくなれるんだったら……」

紗奈は自分の胸に挟んだペニスの先端にとろ〜り、とろ〜りと唾を垂らす。

それはまるで蜂蜜のようにねっとりと亀頭から流れ落ち、肉幹と乳房の谷間をヌルヌルにしていく。

「さあ、紗奈ちゃん。そのまま身体を上下に動かしてみて」

「……こうですか？」

紗奈は左右から乳房でペニスを挟んだまま、身体を上下に動かしはじめた。

狙い通り、唾液の助けを借りて、ぬるりぬるりとペニスが滑り抜け、強烈な快感が翔太を襲う。

「うう……気持ちいいよ……。あああ……」

翔太はガニ股で踏ん張ったまま、紗奈を見下ろした。

紗奈は膝立ちになり、スポーツブラで包まれたGカップの乳房を両手で左右から押しつけるようにしてペニスを挟み込み、身体を上下に動かしている。

唾液の助けを借りて、ペニスは乳房のあいだをぬるりぬるりと滑り抜ける。亀頭が顔をのぞかせたり、また胸の谷間に埋もれたり……。

肉体に受ける快感もすごかったが、このおとなしく真面目そうな紗奈にパイズリをされているその眺めがたまらなく卑猥で、翔太は猛烈に興奮していく。

不意に射精の予感が込み上げてきた。このままパイズリをされつづけたら、もうあと数回の上下運動で射精してしまいそうだ。

「あああ……紗奈ちゃん……。もう……もうダメだよ。やめてくれ。うう……もうパイズリをやめてくれ……」

そう言いながらも翔太はガニ股で膝を曲げて、紗奈がパイズリしやすように腰の高さを調節してしまう。

「あぁぁぁん……先生、気持ちいいですか？　ああぁん、紗奈のパイズリ、気持ちいいですか？　はあぁぁん……」

紗奈も翔太がもっとしてほしがっていることをわかっているかのように、頬を赤らめながら激しく胸を上下させる。

ぬるり！　ぬるり！　ぬるり！　ぬるり！　ぬるり！

亀頭が胸の谷間から顔を出す度に、ズンズンと射精の予感が強まってくる。

「ああ、ダメだダメだダメだ……。あああっ……紗奈ちゃん……。も……もう出る！　んんん！」

ビクン！　とペニスが脈動し、先端から白濁液が勢いよく噴き出して、紗奈の顔を下から直撃した。

「はっううう！」

驚いて身体を引いた紗奈だったが、ペニスはスポーツブラで押さえつけられているので、先端は紗奈の顔のほうを向いたままだ。

「ううう！　まだ出るよ！　あううう！」

翔太は紗奈の顔目掛けて断続的に射精を繰り返した。

4

「ご……ごめん！」

ようやく射精が収まると、翔太は我に返って、スポーツブラの下からペニスを引き抜いた。

目の前には、顔が精液まみれになった紗奈が座っていた。目が完全に塞がってしまっている。

「大丈夫？」

「んん……んんん……」

紗奈は口を閉じたまま返事をした。

強烈な精液の匂いにときどき噎《む》せそうになりながらも、それが入ってくるかもしれないと思うと口を開けることもできないらしい。

「どうしよう？」

翔太は部屋の中を見まわした。

ティッシュを探したのだが、そんな物程度できれいにできる量ではないことにすぐに気がついた。

「紗奈ちゃん、シャワーできれいにする？　お風呂場まで連れてってあげようか？」

翔太が訊ねると、紗奈は目と口を閉じたまま、無言でコクンとうなずいた。

「よし。じゃあ、立って」

紗奈の腕をつかみ、立ち上がるのを助けてやった。そのまま廊下を進んで風呂場まで連れていった。

脱衣所に立ち、翔太は迷った。このまま紗奈を残して脱衣所から立ち去ればいいのだろうか？

でも、紗奈は目を開けられないのだから、服を脱ぐこともシャワーのハンドルをまわすこともできないだろう。

紗奈の今のこの状況は翔太が射精したせいなのだから、なんとかしてあげないといけない。

「紗奈ちゃん、服を着たままシャワーを浴びるわけにはいかないだろうから、僕が脱がしてあげようか？」

翔太が訊ねると、紗奈はピクンと肩を震わせた。その他の反応はない。

巨乳がコンプレックスだと紗奈が言うから、パイズリもできるしすごく魅力的だよと言って、ああなっただけだ。

さすがに全裸を見られたくはないのだろう。ちょっと調子に乗りすぎたようだ。

あやまって脱衣所から出ていこうと思ったとき、紗奈が少しだけ顎を引いた。

「え？　紗奈ちゃん、なに？」

「んん……んんん……」

紗奈は精液まみれの顔を突き出すようにして、可愛らしい呻《うめ》き声を出してみせる。早く洗い流したくて、そのために翔太の助けを求めているようだ。

翔太はもう一度訊ねてみた。

「服を脱ぐのを手伝ってあげようか？」

今度は、紗奈はすぐにうなずいてみせた。

ビクンと下腹部に衝撃が走った。

翔太のペニスはずっと剝き出しのままだ。大量に射精して象の鼻のように垂れ下がっていたそのペニスが、みるみるそそり立っていく。

その変化を紗奈が見たらきっと引いたことだろうが、とりあえず目が塞がっていてよかった。

「じゃあ、脱がしてあげるから万歳して。さあ、バンザーイ」

言われるまま、紗奈は素直に両手を上げてみせる。翔太は両手でスポーツブラをつかんだ。そのまま引っ張り上げる。

（あああ……紗奈ちゃんのオッパイがもうすぐ僕の目の前に……）

ブラジャーは巨乳を包み込むようになっていたので、引っかかって簡単には脱げない。

それでも力を込めて引っ張り上げると、ポロンと白いふくらみがこぼれ出て、いきなり抵抗がなくなった。

「あっ……すごい……」

思わず翔太は声を出してしまった。スポーツブラ姿で形はすでに確認済みだったが、生で見るとその美しさは段違いだ。

大きなオッパイはだいたいにして垂れ気味だが、まだ若いからか紗奈の乳房はまったく垂れていない。

まるでロケットのように前に突き出しているのだ。それは外国のポルノ女優の乳房のように美しい形をしていた。

しかも、乳首はきれいなピンク色で、乳輪もごく控えめで、巨乳にありがちな巨大な乳輪は存在しない。

「ううう……ううう……」

律儀《りちぎ》に両手を挙げたまま、精液まみれの顔を赤くしながら紗奈が身体を揺する。スポーツブラは紗奈の首のあたりで止まっている。

さっさと脱がしてくれ、両手を挙げているのはしんどいという意思表示なのだろうが、そんなことをされると乳房が重たげに揺れてしまう。

芸術品のようなGカップ巨乳が、目の前でぷるるんぷるるんと揺れているのである。それは想像を越えたいやらしさだ。

でも、胸だけで満足している場合ではない。もう翔太は大学生なのだ。その視線はすーっと下へ滑り降りて、赤いブルマに向けられた。

「ごめんね、紗奈ちゃん。今、全部脱がしてあげるからね」

ブラジャーを完全に脱がすと、翔太は紗奈の前に膝をついて、両手をブルマのウエスト部分にかけ、そのまま引っ張り下ろそうと力を込めた。

「んんっ……」

紗奈がなにか言いたそうに呻き声を出すが、かまわず翔太はブルマを引っ張り下ろした。

目の前に紗奈の股間が現れた。そこは意外なことに、うっすらと陰毛が生えていた。美実のツルツルの陰部を昨日見たばかりだからか、勝手に紗奈の陰部もツルツルだと思い込んでいた翔太はつい声をもらしてしまう。

「あっ……生えてるんだね」

そして、ほとんど無意識のうちにその陰毛をつまんで引っ張ってしまっていた。

「んんん！」

紗奈が抗議の声をあげる。「紗奈の陰毛で遊ばないで！」という声が聞こえた気がした。

本当ならもっとじっくり観察したり、弄《いじ》ったりしたかったが、紗奈は本気でいやがっているようだ。

それに顔が精液でベタベタして気持ち悪いだろうし、匂いも強烈に違いない。これ以上、悪のりしていたら、紗奈に決定的に嫌われてしまう。

「ごめん、ごめん。さあ、シャワーを浴びてきれいに洗い流そうね」

そう言って、太腿の途中で止まっているブルマを足首まで引っ張り下ろしてやると、紗奈は足踏みをするようにしてブルマを脱ぎ捨て、手探りで浴室のドアを開けようとする。

「あっ、僕が開けてあげるよ」

足を滑らせて転倒でもしたら大変だ。代わりにドアを開けてやり、紗奈の腕をつかんで翔太は浴室へ入っていく。

「さあ、シャワーをかけるから、そのまま立っててね」

自分も濡れてしまうだろう。翔太は慌ててシャツを脱いで自分も全裸になり、それを脱衣所の籠《かご》に放り込んだ。

翔太は前にまわり込み、もう一度紗奈の裸をじっくり見た。

Gカップの乳房は桜色に火照り、乳首がツンと尖っている。ヘソは縦長の深いタイプで、その下方には陰毛が薄らと生えている。

さすがにツルツルだった美実とは違う。紗奈は発育がいい分、かなり大人の女性になりかけなのだ。

それでも精液まみれの顔は、頬がやわらかそうで、まだ充分に幼さを残している。

そのギャップがたまらなく刺激的だ。

「んんん……」

精液が入ってくるのを防ぐために唇を固く結んだまま、紗奈が呻き声で抗議する。早く洗い流して、と催促しているのだ。

「わかった。お湯を出すから、そのまま立っててね」

シャワーヘッドを手に取り、お湯のハンドルをひねる。自分の手の甲にかけて温度を調節する。

精液まみれになった紗奈の顔はすごくエロい。洗い流してしまうのは少し惜しい気もしたが、仕方ない。

翔太はまず紗奈の腕のあたりにシャワーでお湯をかけて、それを徐々に上に移動させていった。

ある程度まで近づくと、紗奈は自分から顔をシャワーに近づけて、両手でごしごしと洗った。

精液交じりのお湯がGカップ巨乳、くぼんだヘソ、そして薄らと陰毛が生えている割れ目へと流れ落ちていく。

翔太がその様子をマジマジと眺めていると、紗奈が大きく口を開けて「ぷふぁぁ～」と呼吸をし、両手で顔を拭って勢いよくこちらを向いた。

「先生、ひどいじゃないですか！　紗奈がなにも言えない状態だからって、エッチなことばっかりして」

　ふだんおとなしい紗奈が顔を近づけて怒る様子に驚いたが、その彼女は今、全裸なのだ。そして翔太も。

　ムラムラが止まらない。翔太はとっさに紗奈を抱きしめてキスをしてしまった。

「ううぅっ……」

　そうとう驚いたのだろう、紗奈は目を見開いて固まった。

　もう後戻りは効かない。すぐ近くから見つめ合いながら、翔太は紗奈の口の中に舌をねじ込み、彼女の舌を舐め回す。

　紗奈の顔が徐々にうっとりととろけていく。もう大丈夫そうだ。翔太はまだ紗奈を抱きしめたまま唇を離した。

　紗奈が恥ずかしそうに顔を背けて訊ねる。

「……どうしてキスを？」

「紗奈ちゃんがすごく可愛かったから」

　紗奈の巨乳がむにゅむにゅと翔太の胸に押しつけられている。と同時に、翔太のペニスが紗奈の下腹部にグリグリと押しつけられる。

「はあぁぁ……。先生のペニス、すごく元気になってるじゃないですか。もう一回、パイズリします？」

紗奈が頬を赤らめながら訊ねる。ズキンと下腹部が痺れた。

「ううん。それより……」

「……それより？」

「ふたりでいっしょに気持ちよくならないか？」

紗奈とひとつになりたくてたまらない。

相手は教え子の妹、しかも中学二年生だ。パイズリだけでもとんでもないことなのに、ひとつになるなど絶対に許されることではない。

でも、美実と関係を持ったことで、翔太の理性のブレーキは完全に壊れてしまっていたのだ。

「ふたりでいっしょに……？」

紗奈の顔に緊張の色が浮かんだ。翔太の言葉の意味がわかるらしい。

「ダメかな？」

「……大丈夫です。紗奈も翔太先生といっしょに気持ちよくなりたいです」

「紗奈ちゃん、好きだよ！」

翔太はもう一度、紗奈に口づけし、股間に手を差し込んだ。

そこはヌルヌルになっている。さっきシャワーのお湯をかけたが、そんなさらっとした濡れ方ではない。

紗奈は興奮しているのだ。

指で割れ目をなぞり、それを膣の中にねじ込む。

「はっううう……」

紗奈がピクンと身体を震わせ、その場に崩れるようにして座り込んでしまった。

城田家はかなりの豪邸だけあって風呂場も広い。

転倒防止のためか洗い場にはウレタンのマットが敷かれていて、そこには人が余裕で横になれる。

まるで、翔太と紗奈のために用意されていたかのようだ。

「紗奈ちゃん、そこに仰向けになって」

「……こうですか？」

紗奈はウレタンマットの上に仰向けに横たわる。ただ、手足はまっすぐに伸ばしていて、まるで「気をつけ」の姿勢だ。

一見、色気のない姿勢のようだが、紗奈は全裸なのだ。翔太は心の中で舌なめずりしながら、そんな紗奈を見下ろした。

仰向けになっても紗奈の巨乳は形が崩れることなく、きれいなお椀型を保っている。それは重力に逆らえる若さの特権だ。

でも今はその白いふくらみよりも下腹部に興味があった。

紗奈の股間には薄らと陰毛が生えていたが、それは本当に薄くて、割れ目が完全に透けて見えている。

その割れ目を拡げてじっくりと観察したい。

「ほら、紗奈ちゃん、股を開いて」

「そ……それは……恥ずかしいです」

「恥ずかしくても、いっしょに気持ちよくなるためだから我慢しないといけないんだ。さあ、僕が手伝ってあげるよ」

翔太は紗奈の両膝の裏に手を添えて、腋《わき》の下のほうへ押しつけた。

「あっ……いや……。ダメです、先生……」

そう言いながらも、紗奈はされるままM字開脚ポーズになった。陰部を隠そうともしない。ただ、恥ずかしそうに顔を背けているだけだ。

翔太は紗奈の両膝裏を押さえたまま、紗奈の股間に顔を近づけた。

小陰唇は美実のものに負けないきれいなピンク色だが、若干肥大気味だ。それは成長というやつなのかもしれない。

しかも、すでにパイズリで興奮してたのか、小陰唇は分厚く充血し、愛液にまみれてまるでナメクジのようにヌラヌラ光っている。

クリトリスはもともと大きめのようだが、すでに包皮を押しのけるようにして、もう破裂しそうなほどパンパンになっている。

「ううう……紗奈ちゃんの、オマ×コ、すごくいやらしいよ。でもまだ経験がないなら、いっしょに気持ちよくなるためには、もうちょっととろけさせておいたほうがいいから、今から舐めてあげるね」

そう言って翔太が陰部に顔を近づけると、紗奈は慌てて手で股間を隠して股を閉じてしまった。

「ダメです!」

「どうして?」

「汚いですから。こんなところを舐めるなんて、絶対にダメです!」

紗奈は必死な様子で言う。

「じゃあ、ちゃんと洗う? それならいいだろ?」

「ダメ! 絶対にダメです!」

紗奈は真面目な性格だ。それに処女だから自分の陰部は汚いというイメージがあるのかもしれない。

そんなことはないんだとわからせてあげたいが、今はその時間が惜しい。翔太のペニスは紗奈の処女肉を味わいたくてもう我慢の限界だった。

でも、相手は処女だ。こんなに大きなものを、いきなり挿入するわけにはいかない。もっとオマ×コをとろけさせてやらないと……。

翔太の頭の中に、ある卑猥な行為が浮かんだ。

「そうだ！　さっき、紗奈ちゃんはパイズリで気持ちよくしてくれたから、今度は僕がペニスで紗奈ちゃんのクリを気持ちよくしてあげるよ」

「え？　先生のペニスで紗奈のクリトリスを？」

まだ男性経験のない紗奈は、イメージが湧かないのだろう。不思議そうな顔をこちらに向けた。

「舐めるわけじゃないからいいよね？　じゃあ、もう一回、股を開いて」

翔太は紗奈の足首をつかんで左右に開かせた。

紗奈は不安そうな表情の中に、好奇心を漂わせている。そういうところは普通の中二女子だ。

翔太は紗奈の両脚のあいだに身体を移動させ、そり返るペニスを右手でつかみ、亀頭の裏側あたりをクリトリスに押しつける。

「はああっ……」

たったそれだけの刺激で紗奈はピクンと身体を震わせたが、もちろんまだ愛撫は始まってもいない。

「こうしたらいっしょに気持ちよくなれるよ」

翔太は右手でペニスをつかんだまま、亀頭を左右に動かして紗奈のクリトリスをこねまわした。

「あっ……あああん……気持ちいいです。あああん……」

紗奈は悲鳴のような声をあげて身体をのたうたせる。

「ダメだよ、紗奈ちゃん。そんなに動いたら、うまく擦れないじゃないか。両手で膝を抱《かか》えてて」

「……こうですか？」

紗奈は素直に両膝を抱えてみせる。

すると陰部が突き出され、パンパンに勃起したクリトリスが、「ここを擦って！」と主張するのだった。

もちろん翔太は焦らしたりしない。亀頭の裏側で激しく擦りはじめた。

「あああっ……いい……。気持ちいい……。ああああ、先生ぇ……。なんだか……変な感じです。あああ……いや……」

紗奈はGカップの乳房をたぷんたぷんと揺らしながら、自分がどれほど感じているかを口にしつづける。

紗奈がクリトリスを責められて気持ちいいのは当然だが、翔太も亀頭裏を擦りつけることで強烈な快感に襲われる。

おまけに、あの真面目な紗奈が全裸でM字開脚ポーズを取りつづけているのだ。普通だったらすぐに射精してしまいそうなところだが、さっきパイズリで大量に射精したせいか、まだほんの少し余裕があった。

だから翔太はさらに強く激しく亀頭でクリトリスを責めつづける。

「あっ、ダメ、いや……。へ……変な感じです。あああん……なんか……なんか出そうです。いや……先生、もうやめてください。あああっ……」

紗奈が必死に懇願するが、両手はしっかりと自分の膝を抱えたままだ。そうとう力が入っているのか、指先が食い込んで膝裏が真っ白になっている。

紗奈のことだ。オナニーもしたことがないのかもしれない。だとしたら初めてのオーガズムを怖がっても無理はない。

だけど、それならよけいに見てみたい。紗奈がイクところを。

「ほら、紗奈ちゃん、いっぱい気持ちよくなっていいんだよ。わけがわからなくなるぐらい気持ちよくなっていいんだよ」

そう囁《ささや》きかけながら、翔太は亀頭でクリトリスをこねまわしつづけた。そのとき、紗奈の全身が硬直するのがわかった。

「あっ……だ……ダメぇ〜！」

紗奈がそう叫んだ瞬間、突き出された陰部から液体が噴き出した。

潮吹きなのか失禁なのかわからないが、その淫水はまるで噴水のように噴き出して、翔太の顔面を直撃した。

5

「ぷふぁっ……」

翔太は紗奈の陰部から噴き出した淫水まみれになった顔を手で拭《ぬぐ》った。

その様子を紗奈はウレタンマットの上に横たわったまま見て、申し訳なさそうに言った。

「先生、ごめんなさい。紗奈、自分の身体になにが起こったのかわからないんです」

ぐったりとしていて身体を起こすこともできないようだ。

「紗奈ちゃん、イッちゃったんだよ」

「……イッちゃった？　今のがイクってことなんですか？」

「そうだよ。気持ちよかっただろ？」

「う～ん、なんだか怖くなっちゃって、よくわかりませんでした。もう一度イケば、実感できるかなと思うんですけど……」

紗奈は物欲しそうな瞳で翔太を見つめてくる。

もちろん翔太はそのつもりだった。

このあと膣の中で感じさせてあげるために、こうしてクリトリスをじっくり責めていたのだから。

「はあ、もう一度イカせてあげるよ」

「でも、先生の身体を汚しちゃったから」

紗奈は自分の陰部から噴き出した液体にまみれている翔太の顔と身体を見て、申し訳なさそうに言った。

「大丈夫だよ。お風呂場なんだから、お湯で流しちゃえばいいんだ」

翔太はシャワーで淫水を浴びた自分の顔と身体、それから紗奈の股間を洗い流した。それから改めて紗奈の陰部をじっくりと観察する。

紗奈の肉びらは充血し、さっき見たときよりもさらにいやらしさを増していた。そして、お湯とは明らかに違う液体で濡れている。

試しに指を押しつけると、ぬるりと簡単に滑り込んでしまった。

「はあんっ……先生、なにしてるんですか？」

「今度は紗奈ちゃんのここに僕のモノを入れて気持ちよくしてあげたいんだけど、入れても大丈夫かどうか確認してるんだ」

翔太は中指を第二関節のあたりまで挿入し、円を描くように動かしてみた。

そこはかなり狭くてきついが、すでにねっとりとろけていて、指の動きに合わせてくちゅくちゅと音を立てた。

狙い通り、クリ嬲《なぶ》りですっかりとろけていた。

「たぶん大丈夫そうだ。入れてみようか？」

「……先生のペニスを……ですか？」

「そう。ダメかな？」

「……いいえ。入れてみてください」

「じゃあ、入れるよ」

紗奈の股を拡げさせ、その中心にペニスの先端を押しつける。クプッという音とともに、亀頭が半分ほど媚肉の中に埋まった。

だが、それ以上は入っていかない。

やはり異物が自分の中に侵入してくるのが怖くて、紗奈は無意識のうちに膣口を硬く閉ざしているのだ。

「紗奈ちゃん、力を抜いて」

「は……はい……」

そう返事をするものの、いっこうに力は緩まない。

それならと翔太は亀頭を押しつけたまま身体を起こし、紗奈のクリトリスを指先で優しく撫で始めた。

「はっ……あああん……」

さっきの潮吹き絶頂の様子からも、紗奈がかなりクリ責めに弱いことがわかっていた。いわゆる「クリ派」というやつのようだ。

それならと、もう一度優しくクリトリスを弄ってやると、紗奈は面白いほど反応し、悩ましい声を張り上げる。

そしてクリトリスに意識がいっているあいだに、翔太は少しずつペニスを奥まで挿入していく。

「あああん……先生……。入ってくる……。はあああ……先生のペニスが入ってくるのがわかります。あああん……」

紗奈が身体をのけぞらせて顎を突き上げる。

「痛くない？」

入口付近を小刻みに擦りながら、翔太は訊ねた。

「……だ……大丈夫です。どちらかといえば気持ちいいかもしれません」

それは本当のようだ。痛みに顔をしかめることはなく、どこか陶然としているように見える。

中二とは思えないグラマラスな体つきをしている紗奈の膣は、男を迎える準備がもう充分にできていたのかもしれない。

だとしたら遠慮は必要ない。

「紗奈ちゃん、もっと奥まで入れるよ。力を抜いて」

翔太はクリトリスを指で嬲りながら、押しつける腰の力を強めた。すると巨大なペニスがぬるりと根元まで滑り込んだ。

「あっはああん……」

紗奈が身体をのけぞらせて、Gカップ巨乳がゆさりと揺れた。と同時に膣壁が思い出したようにきつくペニスを締めつけてくる。

「ううう……紗奈ちゃんのオマ×コ、すごく気持ちいいよ」

上体を起こしたまま、クリトリスを指で優しく撫でまわしながら翔太は言った。

すると紗奈が吐息のような声で質問する。

「あぁぁん……美実ちゃんとどっちが気持ちいいですか？」

「えっ？……紗奈ちゃん、知ってたの？」

翔太はクリトリスを撫でまわす指の動きを止め、驚いて訊ねた。巨大なペニスに刺し貫かれたまま紗奈が答える。

「はい。昨日、学校から帰ってきて美実ちゃんの部屋に行ったとき、あの子の様子がおかしくて、しかもお布団が不自然にふくらんでたし……。それに、なんだかすごく変な匂いがしたんで」

やはり気づかれていたのだ。中一の妹と、姉の家庭教師がセックスをしていたのだ。紗奈が怒って当然だが、そんなことはなかった。

それどころか、体操服姿で翔太を誘惑し、なりゆきとはいえパイズリをしてくれた。そして今、翔太のペニスがずっぽりと紗奈の膣に突き刺さっているのだ。

「紗奈は子供の頃からずっとイイ子として生きてきたんです。でも、本当は美実ちゃんみたいに自由に生きたかった……。美実ちゃんが先生とエッチしたことを知って、もう我慢するのはやめたんです。紗奈も先生のことが好きだったから……」

「紗奈ちゃん……。僕も紗奈ちゃんのことが好きだよ」

「でも、美実ちゃんのことも好きなんですよね？」

「そ……それは……」

「いいんです。先生が美実ちゃんのことが好きでも、紗奈のことも好きでいてくれたら。だって紗奈と美実ちゃんはすっごく仲のいい姉妹なんですから」

どうやら二股かけてもかまわないと言っているようだ。

さすがはあの進歩的な女性代表である亜希子の娘だ。硬直していた身体がホッと緩んでいく。

「あっ……。萎んでいく……」

紗奈が名残《なごり》惜しそうに言った。

驚きと安堵の中、翔太の性欲が一瞬だけ薄れて、それを反映するようにペニスが萎みかけていた。

その変化を紗奈は敏感に感じ取ったようだ。

でも、もう罪の意識を感じる必要も、美実とのことがバレて非難されるのではないかという心配もないのだ。

「大丈夫だよ。紗奈ちゃんのオマ×コはすごく気持ちいいから。それにこうしたら、すぐに硬くなっちゃうんだ」

翔太は小刻みに腰を前後に動かしはじめた。紗奈の巨乳がゆさゆさ揺れる。

膣肉から受ける快感と、可愛い女の子の淫らな姿という視覚的な興奮から、翔太のペニスはまたすぐにフル勃起していく。

「ああっ……あぁんっ……」

「痛い？」

「いいえ。大丈夫です。でも、自分の身体の中でなにかが動いてるなんて、なんだか変な感じで……」

紗奈は肉体的にはかなり成熟していたが、それでもやはり初めてなのだから、最大限に気を使ってあげないとダメだ。

翔太は指先ですくい取った愛液を塗りたくるようにクリトリスを撫でまわしながら、

また腰を前後に動かしはじめた。

あまり奥まで入れすぎると、さすがに苦しそうだ。

入口付近をカリクビが出入りするように抜き差しすると、ぐちゅぐちゅといやらしい音がして、愛液が白く濁りはじめた。

「あっ、すごい。紗奈ちゃんのマン汁、すっごく濃くなってきたよ」

「あああぁん、そんなこと言わないでください。あああん、恥ずかしい……」

恥ずかしがる紗奈の様子が可愛くてたまらない。

しかも、抜き差しされる様子と同時に、紗奈の乳房がゆさゆさ揺れる様子と、指先から逃れるようにヌルンヌルンと滑り抜けるクリトリスを、全部同時に見下ろしているのだ。

「あああ、ダメだ。僕、気持ちよすぎて……もう……」

すぐに翔太の中に射精の予感が込み上げてきた。

それでも翔太は上体を起こしたまま、腰を前後に動かしつづけた。気持ちよすぎて止められないのだ。

白く濃厚な愛液にまみれた肉棒が、ぬるりぬるりと出入りを繰り返す。

そしてやわらかそうな白い巨乳がゆさりゆさりと揺れ、翔太はほとんど本能的にそれに食らいついてしまう。

「はあぁっ……んんん……先生……あああん……」

自分の乳首をおいしそうにしゃぶっている翔太の頭を、紗奈が下から優しく抱きしめる。

相手は自分よりも七歳も年下の中学生なのに、巨乳のせいか母性を感じてしまう。

翔太は夢中になって左右の乳首を交互に吸いながら、腰を振りつづけた。

「ううう……もう……もうダメだ……。あああ、もう出ちゃう」

「えっ……？　はあぁぁん……先生……見たい……あああん。先生の精液が噴き出すところをまた見たいです」

紗奈が美実と同じようなことを言い、やはり姉妹なんだなと翔太は納得してしまう。

さっきパイズリで射精したとき、紗奈は初めて男の射精の瞬間を見てそうとう興奮したのだろう。

あの控えめな紗奈が自分の願望を口にするのだから、それに応えてやらないわけにはいかない。

「いいかい？　もう……もう射精するよ。ううう……」

「ああん。先生、出してぇ！」

「あっ、も……もう出る！」

翔太は勢いよく腰を引いてペニスを抜くと、それを右手でしっかりとつかんだ。濃厚な愛液で手のひらがヌルヌル滑るのを利用して、さらに数回ペニスをしごく。

ウレタンマットの上に仰向けになったまま、紗奈が虚ろな視線を向けてくる。その顔目掛けて、翔太は精液の雨を降らせた。

「はああっ、す……すごい……」

ドピュン！　ドピュン！　と断続的に噴き出す精液に、目を細めながら、紗奈はそれを顔面で受け止めつづけた。

さっきはあんなにも口の中に入るのをいやがっていたというのに、今はもう半開きの口の中に精液が入ろうが気にしている様子はない。

それどころか、ぺろりと唇を舐めまわすようにして、その精液を舐め取ってしまうのだった。

それは紗奈が完全に処女を卒業し、淫らな女になった瞬間だった。

「ああ、最高だったよ。紗奈ちゃんとエッチできて、僕、すっごく幸せだよ」

翔太は嘘偽りのない自分の本心を、正直に言葉にした。

第三章　長女・真利亜の処女を奪う

1

翔太……。翔太……。翔太……。

「翔太！」

「えっ？」

耳元で大声を出されて翔太が驚いて背筋を伸ばすと、すぐ近くから真利亜が顔をのぞき込んでいた。

怖いほどに整った真利亜の顔が、吐息がかかりそうなぐらい近くにあり、翔太はのけぞるようにして椅子の背もたれに身体をあずけた。

「ま……真利亜ちゃん……」

「翔太、なにをボーッとしてるのよッ」

真利亜の家庭教師の時間だったのに、ぼんやりしてしまっていた。

「ごめん」

「真利亜がせっかく勉強を教えさせてあげてるのに、他のことを考えてるなんて、いったいどういうつもりなの？　なにを考えていたのか正直に言いなさい」

顎を上げ、見下すように真利亜が言う。どちらが先生かわからない。

翔太は美実と紗奈の処女を奪ったときのことを思い出していたのである。

決してモテるほうではなかったごく普通の大学生である自分が、中一と中二の美少女姉妹の処女を一昨日、昨日と連日で奪ったのだ。

しかも、相手から積極的に誘惑してきてのことだった。

そんな幸運があっていいのだろうか？　この二日間で、もう今世での幸運のほとんどを使い果たしてしまったのではないか？

といったことを、ぼんやり考えていたのだ。

確かに真利亜の家庭教師の時間に他のことを考えていた自分に非がある。でも、なにを考えていたのか、正直に話すわけにはいかない。

なにしろ真利亜は美実と紗奈の姉なのだから、妹ふたりと肉体関係を持ったと知ったらどういう反応をされるかわからない。

「う〜ん。テレビで見たミーアキャットの生態について考えてたんだ。で、英文は書けた？」

誤魔化すようにノートを引っ張り寄せて、真利亜の解答を確認する。真利亜には日本文を英訳させていたのだが、ノートにはなにも書かれていなかった。

「あれ？　どうしたの？」

翔太が訊ねると、真利亜は唇を歪めてつまらなそうに言った。

「家の中が静かすぎて集中できないの」

確かにいつも美実と紗奈の笑い声が聞こえてきていたのに、今はなにも聞こえない。ドアの向こうは、しんと静まりかえっている。

美実と紗奈は観たい映画が今日までだからと、ふたりでレイトショーを観に行っていた。

ドアの外が静かな分、部屋の中の音が大きく聞こえる。真利亜の呼吸の音や、自分の心臓の音など……。

不意に真利亜とふたりっきりだということを強く意識した。

以前の翔太なら絶対にありえないことだったが、今は違う。真利亜も充分に恋愛対象になるのだ。

その真利亜も翔太のことを意識している……。

「ちょっと！　またぼんやりしてるじゃないの！　翔太がやる気ないなら、もう今日は勉強はやめるからね！」

パタンとノートを閉じると、真利亜はさっさと部屋を出ていく。その後ろ姿を翔太は呆然と見送った。

そんなにうまいことといくわけがないんだ。真利亜は美実や紗奈とは違う。プライドが高くて、翔太のことなど、自分には相応《ふさわ》しくない平凡な大学生だと見下しているのだから。

椅子の背もたれに身体をあずけ、翔太は「はあぁぁ……」と大きく息を吐いた。

そのとき、いきなりドアのところから真利亜が顔をのぞかせた。

「いつまでぼんやりしてんのよ？　真利亜が晩ご飯を用意してあげるから、いっしょに食べたらどうなのッ？」

それだけ言うと、またすぐに行ってしまう。

どうやら今夜の夕食は真利亜が準備してくれるらしい。といっても、すでに紗奈が作っておいてくれた料理を温め直すだけなのだが……。

それでもあの真利亜が自分のために作業をしてくれると思うと、翔太は心が浮き立つのだった。

「真利亜ちゃん、今日のおかずはなにかな？」

胸を弾ませながら一階へ下りていく途中、キッチンのほうから真利亜の悲鳴が聞こえた。

「どうしたッ？」

慌てて駆けつけてキッチンをのぞくと、真利亜がびしょ濡れになっていた。

「ちょっと水が跳ねちゃったのよ。このキッチン、ほんとに使いにくいんだから。翔太は邪魔だからあっちへ行ってなさいよ」

特に心配する必要はないようだ。

「跳ねたのが水だったからよかったけど、油とかだったら危ないから気をつけてね」

「わかってる。なに、優しいこと言ってんのよ。イケメンでもないのに、そんな言葉は似合わないんだからね。さあ、あっちへ行ってて。シッシッ」

真利亜は犬でも追い払うように手を振って、そっぽを向いてしまう。

仕方ない。真利亜の気を散らせたらよけいに危ないからと思い、翔太はダイニングへ移動して、テーブルの前に座った。

いつもは大勢で囲む食卓にひとりで座っているとなんだか寂しい。

美実と紗奈は今頃どうしているだろう？　二日連続でふたりの処女を奪った。普通なら初めての相手ともっといっしょにいたいと思うものだろうに、翔太を置いてふたりで出かけていくなんて……。

ひょっとしたらふたりとも、翔太相手に処女を捨てたことを後悔しているのではないだろうか、という気がしてしまう。

そんなことを考えていると、真利亜が料理をトレーの上に載せて運んできた。その姿を見て、翔太は息を呑んだ。

「真利亜ちゃん、その格好……」

「なによ？　いやらしい目で見ないでよ、変態！　服が濡れちゃったから脱いだだけ。エプロンをつけてるんだからいいでしょ！」

つまらなそうに言って料理をテーブルに並べていく真利亜は、裸の上に赤い胸当て付きのエプロンを着けているだけの姿だった。

俗に言う「裸エプロン」という格好だ。

パンティは穿いていたが、ブラジャーはつけていない。前屈《かが》みになると胸の谷間がのぞくし、横を向くと横乳が見えてしまう。

紗奈ほどではないが、真利亜もかなりの巨乳だ。

エプロン越しにゆさゆさ揺れるその豊かなふくらみに、どうしても翔太の視線は釘付けになってしまう。

だが、真利亜はそのことを特に咎《とが》めようとはしない。

いちおう、翔太の視線は意識しているようだが、無視して料理を次々に運んでくるのだった。

しかも、ときどき背中を向けて、お尻を突き出すようなポーズをしてみせる。

意外と大きなお尻で、ピンク色のパンティには薄らとお尻の割れ目が透けて見えている。

（いったいどうして……？）

いくらなんでも裸エプロン姿が男の劣情を刺激するということはわかるはずだ。

それならひょっとして真利亜も、美実や紗奈と同じように自分のことが好きだったりして……。

翔太のそんな想像をはぐらかすように真利亜が言う。

「さあ、食べるよ。紗奈が作っておいてくれた料理を温め直しただけだけど、真利亜にご飯の用意をしてもらえるなんて、翔太みたいにモテない男には一生経験することがないような幸運なんだからね。ありがたくお食べなさい」

真利亜がテーブルの向かい側に座ると同時に、翔太のポケットの中でスマホが鳴りはじめた。

「あ、ごめん」

明らかに不機嫌そうに顔をしかめる真利亜にあやまってから、翔太はスマホを耳に当てた。

『翔太先生、もう真利亜姉さんとエッチしちゃった？』

「なっ……なにを言うんだ？」

翔太は思わず噎《む》せそうになった。

「どうしたの？　誰から？」

真利亜が疑わしげな視線を向けてくる。でも、正直に話さないほうがいいような気がした。

「大学の友だち。レポートのことで連絡してくれんだ。込み入った話だから、ちょっとごめんね」

翔太はスマホを手に持って廊下へ出た。

「美実ちゃん、今の、どういう意味？」

『だって、翔太先生と真利亜姉さんをふたりっきりにするために、美実と紗奈姉さんはわざわざ観たくもないレイトショーに来てるんだよ。なんの成果もなかったらつまんないじゃないの』

まさかそんなふうに気をまわしてくれているとは思わなかった。

『こんばんは、先生。紗奈です。まだエッチしてないんですか？』

「えっ……紗奈ちゃんまで……。どういうこと？　どうしてふたりして、そんなことを……。ひょっとして、僕とエッチしたことを美実ちゃんに話したの？」

『聞いたよ～』

美実の声だ。どうやらスピーカーフォンで話しているらしい。

『紗奈姉さんの様子を見たら丸わかりだから、美実のほうから「翔太先生とエッチしたでしょ？」って言ってみたの。そしたら紗奈姉さんも話したかったみたいで、全部話してくれたよ。美実も全部話したし……』

翔太は頭を抱《かか》え込みそうになったが、そんなに悪いことではないとすぐに気がついた。ふたりはそのことで特に怒っている様子はない。

紗奈はもともと美実と二股をかけてもいいようなことを言っていたし、美実も同じ意見のようだ。

　さすがは進歩的な恋愛至上主義者の城田亜希子の娘たちだ。

　ほっと肩の力を抜いた翔太の耳に、紗奈の声が滑り込んでくる。

『お姉さんはあんな性格でしょ？　自分に素直になれない人なんです。でも、お姉さんが先生のことを好きなのはバレバレじゃないですか』

「そ……そうなの？」

『え？　先生は感じないんですか？　お姉さんがあんなにいつもラブラブ光線を出してるのに。それなのに美実ちゃんと紗奈が先に先生とそういう関係になっちゃって、お姉さんに悪くて……。だから美実ちゃんと相談して、ふたりっきりの時間を作ってあげたんです。たぶんお姉さんもそのことを感じてるはずだから、先生を誘惑しようと頑張ってると思うんですけど……』

　それが裸エプロンなのだろうか？　確かに刺激的だが、ジロジロ見たら怒られるし……。

「僕はどうすればいいの？」

『強引にいったほうがいいと思いますよ』

「僕が真利亜ちゃんと……その……セ……セックスしてもいいの？」

『いいですよ。紗奈たち三姉妹は、大好きなケーキだってきっちり三等分するんです。だから、先生だって、三人で共有できると思うんです』

「でも、真利亜ちゃんが本当にそんなつもりなのかどうか、僕にはやっぱり自信がないよ」

『もう！　焦れったいな！　そろそろレイトショーが始まるから、もう切るよ。帰るのはまだまだ遅くなるから、翔太先生、頑張ってね！』

電話は一方的に切られた。

まさか本当に真利亜が自分のことを好きだなんてありえるのだろうか？

でも、裸エプロンなどという卑猥な格好をしてみせているのも、確かに挑発以外のなにものでもないではないか。

真利亜が挑発しているのだとしたら、ここは男で、しかもかなり年上の翔太が勇気を出すべきときなのではないか。

そんな思いを胸にダイニングへ戻ると、真利亜の冷たい視線がいきなり翔太を刺し貫いた。

「なに？　カノジョとか？」

「違うよ。そんなんじゃないよ」

「ほんとに？」

そう訊《たず》ねる真利亜の表情が思いがけず弱々しいことに翔太は驚いた。ひょっとして……と思い、翔太は勇気を出して言ってみた。

「つまんないことを聞くなよ」

「……ごめんなさい」

真利亜はしゅんとしてしまった。ふだんは強気の真利亜の弱々しい表情はとんでもなく可愛らしい。

ひょっとしたら意外と真利亜はＭっ気《け》があるのではないか？　試してみるだけの価値はある。

テーブルの上の料理を一口食べた翔太は、思いっきり顔をしかめてみせた。

「今夜の料理はまずいな。温め方でこんなに違うんだな」

真利亜がキッと睨み付けてくる。一瞬、怯みそうになったが、翔太はさらに強気で言ってみた。

「食べてほしかったら、食べるのを手伝えよ。ほら。あ〜ん」

翔太は大きく口を開けた。真利亜がキレまくるのではないかと不安に思ったが、そんなことはなかった。

「じゃあ、真利亜が食べさせてあげる。感謝しなさい」

いつものように高飛車に言いながらも、フォークとナイフで切った肉を翔太の口の中にそっと運ぶ。

咀嚼《そしやく》して飲み込み、違う料理を目で示すと、真利亜は甲斐甲斐《かいがい》しくそれを取り、翔太の口に運ぶ。

「どう？　おいしい？　真利亜はふだんはこんなことは絶対にしないんだからね」

口調はいつもとあまり変わらないが、その奉仕ぶりは完全にＭ女のそれだ。しかも真利亜は裸エプロン姿なのだ。

こんな格好で奉仕しているのだから、もっとすごい要求にだってきっと応えてくれるはずだ。

どんな要求をしてみようかと考えながら、翔太はウーロン茶を目で示した。すぐにそれを手に取り、真利亜は口まで運んでくれる。

翔太の唇に当てたグラスを傾けるとき、こぼさないようにという意識からか真利亜の身体がぐい～っと近づいてきた。

エプロンの胸当てからのぞく胸の谷間が深く刻まれ、汗をかいているのか、そこから甘い体臭が立ち昇ってくる。

（ああ、なんていい匂いなんだ……）

思わず息を吸い込んでしまい、口に含んだウーロン茶が気管に入った。

勢いよく噎せ返ると、ウーロン茶がこぼれ、翔太の胸から股間にかけてびしょびしょになった。

「大丈夫？　翔太はドジなんだから」

真利亜はタオルを手に持って、翔太の胸から股間にかけてを拭いてくれる。

咳き込みながらその様子を見下ろしていた翔太は、自分がするべき要求を思いついた。

咳がおさまると翔太は真利亜に言った。

「ドジなのは真利亜ちゃんだよ。僕をこんなにびしょ濡れにして。しょうがないなあ」

翔太はそう言うとその場に立ち上がった。そのままじっと真利亜を見つめる。

「どうしたの？」

「真利亜ちゃんが濡らしたんだから、これを脱がしてくれよ。こんなびしょ濡れのままだと風邪を引いちゃうよ」

翔太はただその場に立ち尽くし、真利亜が狙い通りの行動をするのをじっと待った。

「はあぁ……。わかったわ。脱がしてあげる。それでいいんでしょ？」

真利亜はタオルをテーブルに置いて翔太のシャツのボタンを外し、それを脱がすとTシャツも脱がして腰のベルトに手をかけた。

そこでしばらく躊躇《ちゅうちょ》する。

おそらく真利亜も処女のはずだ。まだ中学三年生なのだから当然だ。男のズボンを脱がすことには抵抗があるのだろう。

だが、翔太はなにも言わずに、腰を突き出すようにしてじっと待った。

「はあぁ……」

真利亜が息を吐き、決意を固めたようにベルトを外し、ジッパーを下ろした。手を離すとズボンが膝のあたりまでずり落ちる。

そしてボクサーブリーフに包まれた股間が露《あらわ》になった。そこはもう真利亜の裸エプロン姿のせいで大きくふくらんでいる。

「さあ、全部脱がすんだ」

強い口調で言うと、真利亜はいやそうに顔をしかめながらも、ボクサーブリーフに手をかけて、引っ張り下ろす。

「うっ……だ、ダメだよ、真利亜ちゃん」

思わず情けない声が出てしまった。

男性器の仕組みをよく理解していない真利亜は、ボクサーブリーフに亀頭が引っかかっているというのに、そのまま無理やり引っ張り下ろそうとする。

「ダメだってば。ちょっと……ううう っ……」

翔太が苦しそうな声を出しても、その意味がわからずに真利亜はさらにボクサーブリーフを引っ張り下ろす。

パ〜ン！

勢いよく飛び出した勃起ペニスが、下腹に当たって大きな音が響いた。

「えっ……」

真利亜の整った顔が固まる。もともと大きな瞳がさらに見開かれ、じっとペニスを見つめている。

その視線の愛撫を受けてペニスはますます力を漲《みなぎ》らせていき、まっすぐ天井を向いたままピクピクと細かく痙攣をつづけた。

「す……すごい……。ペニスって、こんなになるの？　すごすぎ」

真利亜がようやく独りごとのような言葉を絞り出した。

「なにやってるんだよ？　さっさときれいにしてくれよ」

翔太は真利亜の前で仁王立ちしたまま言った。

「でも……」

真利亜にはふだんの余裕はなく、表情は硬く強張《こわば》っている。それでも怒って立ち去る気配はない。

やはりこういう扱い方が正解のようだ。翔太はさらに勝負に出ることにした。

「ウーロン茶ぐらいだったら、汚れてるって気がしないか？　それならこれでどうだ？」

翔太は料理の皿を手に取り、それを傾けて汁を胸のあたりから垂らした。茶色い汁が、胸から腹、股間、太腿と流れ落ちていく。

そして皿に残った分を最後に亀頭に垂らした。

「はあぁ……。こ……これをきれいにしたらいいのね？」

呼吸を荒くしながら、真利亜は横に置いていたタオルを手に取った。

「タオルは使っちゃダメだ」

「じゃあ、どうやってきれいにしろって言うのッ？」

少し怒ったように真利亜が言う。一瞬怯みそうになったが、翔太はなんとか踏ん張った。

「舐めてきれいにするんだ。できるよね？」

「えっ……舐めてきれいに……？」

真利亜は翔太の胸から脚にかけての汚れを見つめ、喉をゴクンと鳴らした。それは承諾の合図だ。

「さあ、早くしてくれよ」

翔太は下腹に力を込めて、勃起ペニスをビクンビクンと動かしてみせた。

「はあぁっ……。な……なに？　これ、そんなふうに動くの？」

「そうだよ。さあ、どこからきれいにする？」

挑発するように翔太はペニスをビクンビクンと動かしつづけた。

さすがに処女にはハードルが高いらしい。その揺れ方を気にしながらも、真利亜は翔太の胸元に顔を近づけてきた。

翔太の位置から見ると、胸の谷間が丸見えだ。それがぐい～っと迫ってくる。

そして次の瞬間、真利亜の舌が翔太の胸をぺろりと舐めた。

ゾクッとするような快感が身体を駆け抜け、意識したわけではないのにペニスがまたビクンと脈動し、そのまま下腹に貼り付いてしまった。

そのことに気づいているのかどうなのか、真利亜はペロペロと翔太の胸を舐めまわしつづける。

気持ちいいが、やはり物足りない。

「もっと下のほうもきれいにしてくれよ」

「んもう、翔太のくせに注文が多いなあ」

文句を言いながらも真利亜は鳩尾からヘソのほうへと舌を滑らせていくが、そこでいったん顔を離してその場に膝をつき、肝心な場所を飛ばして今度は翔太の脚をペロペロ舐めはじめた。

あの気の強い真利亜が自分の前にひざまずいて脚を舐めているということだけでもかなり興奮する状況だ。

しかも真利亜は裸エプロン姿なのだ。上から見下ろすと、背中は剝き出しで、ピンク色のパンティに包まれた、意外と大きなヒップが丸見えになっている。

早くペニスを舐めてもらいたい。そんな思いを焦らされて、翔太は逆にどんどん興奮していく。

真利亜は少しでもその時間を先延ばしにしようというふうに、つま先から太腿まで入念に舐めているが、すべてをきれいにしてしまうのは時間の問題だ。

最終的に真利亜の舌は翔太のペニスに到達しないわけにはいかないのだ。

ビクン！　ビクン！

ひとりでに動いてしまうペニスを真利亜はチラチラと見ながら翔太の太腿を舐め、突き出した尻をクネクネと動かしている。

それはきっと下着の奥がグッショリと濡れてしまっていて、触りたくてたまらないのだろう。

だが、翔太の目があるから触れなくて、その焦れったさで尻が動いてしまうのだ。

翔太はあえてそのことに気づかないふりをした。

「さあ、真利亜ちゃん、そろそろペニスもきれいにしてくれよ」

「わかってるよ。しょうがないからきれいにしてあげるよ」

強がるように言うと、真利亜は「はあぁ」と小さく息を吐いてから、翔太の股間に顔を近づけてきた。

舌を伸ばし、根元から先端へかけて、ツーッと舐め上げる。

「ううっ……」

強烈な快感に襲われて、翔太の身体に力が入る。

当然のことながらペニスもさらに硬さを増し、まるで武者震いのようにピクピクと細かく震えた。

「あぁん……いやらしい動かし方をしないでよ」

文句を言いながらも、真利亜はペロペロと肉幹を舐めまわしつづける。

「先っぽが……先っぽが汚れてるじゃないか。そこをきれいにしてくれよ」

翔太がそう言うと、真利亜がキッときつい視線を向けてきた。

拒否されるかと思ったが、真利亜はすぐに亀頭をぺろりと舐めた。そしてうっとりと目を細める。

命令されることでよろこんでいるのだ。それなら……。

「ほら、カリクビのところに汚れが入り込んでるだろ。そこを舐めてくれよ」

「カリクビって……ここのこと？」

近視気味なのか、真利亜が目を近づけてしげしげと見る。

「ううっ……。見てないでちゃんと舐めるんだよ」

視線の愛撫がくすぐったく、同時に真利亜のきれいな顔が自分のペニスのすぐ近くにあることで興奮してしまう。

「わかってるよ」

怒ったように言いながらも、真利亜は素直にカリクビのあいだの汚れを舌先でこそげ取るようにして舐めていく。

それはむず痒さを伴《ともな》った強烈な快感だ。

その刺激から逃れるように翔太が腰を引くと、真利亜は翔太の太腿のあたりをつかんでペニスを追いかけてくる。

「なに？　これ、そんなに気持ちいいの？」

興味津々といった様子だ。

「カリクビはもういいから、亀頭を咥えて口の中の粘膜で締めつけるようにしてみてくれよ」

もう汚れを掃除することとはなんの関係もない。

だが、真利亜ももともと汚れを舐めてきれいにしているつもりもなかったのか、翔太に言われるまま大きく口を開けて、亀頭をパクッと口に含んでみせた。

「うぐぐ……」

小顔の真利亜は当然のことながら口も小さい。翔太の限界まで勃起したペニスは、その小さな口を完全に塞いでしまう。

真利亜のきれいな顔が苦しげに歪み、眉間にシワが刻まれている様子はたまらなく興奮する。温かな口腔粘膜にねっとりと包み込まれたペニスがピクピクと震えてしまうほどだ。

「ああ……いいよ、真利亜ちゃん。すごく気持ちいいよ。そのまま首を前後に動かしてみて」

上目遣いに翔太の顔を見つめながら、真利亜は言われたとおり首を前後に動かしはじめる。

「ぐうう……うぐぐ……」

真利亜は低く呻き声をもらし、同時に涎をだらだらと垂らす。それがエプロンの胸当てに、ポタリポタリと滴り落ちる。

真利亜の口にペニスが入ったり出たりしている向こう側——赤い胸当ての下で乳房がゆさゆさ揺れている。

「ああ、すごい。真利亜ちゃんのしゃぶり方、すごく上手《じょうず》だよ。ううう……。あっ……もうダメだ」

いきなりペニスがビクン！　と脈動し、精液が迸《ほとばし》るのがわかった。だが、翔太はあえて腰は引かない。亀頭は真利亜の口の中だ。

「うぐっ……ぐぐぐっ……」

真利亜がギュッと目を閉じて、噎せ返る。喉奥を精液が直撃したのだ。

「ああっ……真利亜ちゃん……ううっ……ううっ……」

その様子を見下ろしながら、翔太はまたドピュン！　ドピュン！　と精液を放出しつづけた。

2

射精がおさまると、翔太は大きく満足げに息を吐き、真利亜の口からペニスを引き抜いた。

唾液と精液が混じり合った液体が、亀頭と唇のあいだで長く糸を引いた。

真利亜は口の中の精液を手のひらの上に吐き出そうとする。それを翔太は慌てて制止した。

「ダメだ。出すな」

「んんん？」

真利亜が翔太のほうに顔を向けた。弱々しく、それでいて官能の色に彩られた艶《つや》っぽい顔。

中学三年生とは思えない色気が漂い出ている。それもそのはず、真利亜は今、口の中に精液をたっぷりと溜めているのだから。

「飲め！」

翔太は思いきって命令してみた。それは真利亜が望んでいるように感じたからでもあった。

「さあ、全部飲むんだ」

「うっぐ……」

翔太がもう一度、念を押すように言うと、真利亜は小さな子供が苦い薬を飲むときのようにギュッと目を閉じ、ゴクンと喉を鳴らして口の中の精液をすべて飲み干した。そして、全部飲んだことの証明のつもりか、大きく口を開けて、そこになにも残っていないことを翔太に見せつける。

瞳が潤み、頬が火照り、唇が妖しく濡れている。その顔には褒めてほしいという気持ちが滲み出ている。

翔太の身体に鳥肌が立った。

まさか本当に飲むとは思わなかった。翔太も精液を飲んでもらったのは、これが初めてだった。

かつての恋人にフェラチオをされたとき、うっかり口の中に射精してしまったことがあった。

でも、そのときはすぐに「ペッ」と吐き出されてしまった。

それなのに今、このハーフ顔のすごい美少女である真利亜は、翔太の精液を全部飲んでくれたのだ。

自分のすべてを肯定してもらえたようなよろこびがあった。

でも、これでわかったことがある。真利亜は正真正銘のM女だ。ふだんの高飛車な態度は、その裏返しだったのだ。

そんな真利亜にご褒美をあげなければいけない。

翔太は真利亜を褒める代わりに、さらに冷たく言い放った。

「そこに四つん這いになれ」

「え？　四つん這い？」

「そうだ。僕にお尻を向けて四つん這いになるんだ。真利亜ちゃんはさっきからお尻をクネクネさせてただろ。そこがどうなってるのか僕に見せろ」

「い……イヤよ。そんなの恥ずかしいじゃないの」

そう言って拒否しながらも、真利亜は床の上に膝立ちになったまま、翔太の顔を見上げている。

もっと強く命令してもらいたがっているのだ。

「恥ずかしいってことはわかってる。だから、その恥ずかしいことをしろ、って言ってるんだ。さあ、早くお尻を向けろ」

翔太は壁の時計にチラッと視線を向けた。のんびりしていたら美実と紗奈が帰ってくるぞ、というアピールだ。

実際はまだレイトショーが始まったばかりだろうから、ふたりが帰ってくるまでには何時間もある。

それでも、本心では翔太といやらしいことをしたいと思っている真利亜は、タイムリミットを意識して、気持ちが焦るようだ。

いやがっているふりをするのをやめて、真利亜は面倒くさそうに、それでも素直に四つん這いになって翔太にお尻を向けた。

裸エプロン姿のために、後ろから見ると裸そのもので、ピンク色のパンティに包まれた丸い尻が丸見えになっている。

翔太は床の上に座り込み、真利亜に言った。

「さあ、背中を反らしてお尻を突き上げて」

「あぁぁん、どうして真利亜がそんなことをしなくちゃならないのよ」

文句を言いながらも、真利亜は言われたとおりお尻を突き上げてみせる。

M奴隷と言えるほどは卑屈にならずに、高貴な気配をまだ残した絶妙な匙《さじ》加減が、翔太をますます興奮させる。

突き上げたお尻を正面からよく見ると、股間の部分の色が若干変わってしまっている。それは明らかにマン汁のシミだ。

「なんだか湿ってるみたいなんだけど」

「そ、そんなことないよッ」

「そうかな？　ここなんだけどね」

翔太はその色が変わっている部分を、人差し指で押してみた。クプッという音とともに指がめり込む。

「あっ……ああん……ダメよ、やめて」

「どうしてさ？　こうすると気持ちいいだろ？」

翔太は人差し指を押しつける力を強めたり弱めたり繰り返した。シミの色がさらに濃くなっていき、指先に明らかな湿り気を感じた。

「あああ、いや……。翔太、もうやめなさいよ」

真利亜が尻をくねらせて指の刺激から逃れようとする。だが、その左右に振られる尻の動きがますます翔太を興奮させるのだ。

「おい、じっとしてろよ。ここがどうなってるのか、パンティの上からだとわからないから直接見てあげるよ」

「いやっ……。それだけはダメ。ほんとに怒るよ」

そう言いながらも、真利亜は四つん這いの姿勢を取りつづけている。それは、いっぱい見てくれということだ。

翔太はパンティのウエスト部分に指をかけた。

口の中に唾液が大量に溢れてきて、それを飲み込むとゴクリと喉が鳴ってしまった。その音が聞こえたのか、真利亜がまたピクンとお尻を震わせた。でも、特に逃げようとはしない。

「さあ、脱がすよ。いいね」

翔太はパンティをゆっくりと引っ張り下ろしていく。

「ああ、すごくエッチなお尻だね。この丸みがたまらないよ」

尻たぶが半分ほど露になったあたりでパンティを止めて、翔太は真利亜のヒップを両手で撫でまわした。

「んん……んんん……」

くすぐったいのか、真利亜は尻を左右に振って翔太の手を振り払おうとする。

振り払われまいと翔太は尻たぶをグイッとつかんだ。

その拍子にお尻が左右に拡げられ、真利亜のきゅっとすぼまったアナルが丸見えになった。

「うっ……」

翔太の下腹部に衝撃が走った。

気位の高い真利亜の最も秘められた場所――アナルの破壊力はすごすぎる。

ピクンピクンとペニスが細かく震えてしまう。

「すごくきれいだよ」

「な……なにが？」

「お尻の穴だよ」

「いやっ……」

真利亜がそう声をもらすと同時に、お尻の穴がきゅーっとすぼまった。

美少女のお尻の穴……しかもそれが動く様子を見るのは、普通に乳房や陰部を見るよりもずっと卑猥だ。

ほとんど無意識のうちに、翔太の顔は真利亜のお尻に近づいていく。

「ああん、いや……。翔太、そんなところに息をかけないでよ。くすぐったいじゃないのッ」

息をかけているつもりはなかったが、鼻息が荒くなっていたらしい。

だが、その鼻息でくすぐられて、真利亜のお尻の穴がヒクヒクとうごめく様子はたまならく卑猥で、もっと見たくなる。

「真利亜ちゃんのお尻の穴、すごく動くんだね。ほら、もっと動かしてみて」

翔太は真利亜のアナルに息を吹きかけつづけた。

「あぁ、いや……。翔太の変態！　いや！　いや！　もうやめて！」

そう言いながらも、真利亜はお尻を突き出しつづけている。

恥ずかしいためにイヤそうにしているが、真利亜もこの遊びをよろこんでくれているのだ。

楽しい。楽しくてたまらない。

もっとこの卑猥な尻穴遊びをつづけたかったが、まだパンティで隠されたままの場所にも興味があった。

これ以上パンティを下ろしたら、いくところまでいってしまうはずだ。

教え子にこんなエッチなことをするなんて、以前の翔太なら考えられないことだ。

でも、美実と紗奈の処女を奪った今、もう翔太の欲望のブレーキは完全に壊れてしまっていた。

「お尻の穴で遊ぶのはとりあえずこれぐらいにして、もっと他のところも見せてもらうよ」

パンティをさらに引っ張り下ろしていくと、肉丘がぷっくりとした女陰が丸見えになった。

真利亜の陰部には陰毛はまったく生えていない。まるで幼女のもののようにツルツルで、美実の陰部にも負けないぐらいの清純さだ。

「ああ、すごい……。すごくきれいだよ」

パンティをさらに太腿の途中まで引っ張り下ろしてしまうと、翔太はその肉丘に両手の親指を添え、さっき尻たぶにしたのと同じようにグイッと力を込めた。

ぴちゅっと音がして、肉びらが剝がれた。充血した粘膜がヌラヌラと光り、一箇所だけが深く窪んでいる。

そこは真利亜の処女穴だ。ピンク色の媚肉がみっちりと詰まっていて、おそろしく狭そうだ。

こんなところに自分の勃起した状態の巨大なペニスが入るだろうかと心配になってしまう。

だが、その心配と同じぐらい、このきつそうな処女穴をペニスで味わってみたい思いが湧き上がってくるのだった。

「真利亜ちゃん、今度はここで僕を気持ちよくしてくれないかな？」

「ど……どうして真利亜が、そんなことをしなきゃいけないの？」

四つん這いポーズのまま真利亜が振り返った。拡げられた陰部、お尻の穴、そして真利亜の整った顔……。

それをひとつのフレームで見た瞬間、翔太のペニスがまたひとりでにビクン！と頭を振ってしまう。

「はあぁぁぁぁん……」

真利亜の目がその屹立に釘付けになる。

「これを真利亜ちゃんのここに入れたら、すっごく気持ちいいと思うんだ。もちろん僕だけじゃなくて、真利亜ちゃんもいっしょに気持ちよくなれるよ」

「そ……そんな大きいものが入るの？」

まだ処女である真利亜は、不安そうに眉を八の字に寄せてみせる。

「いきなりだと難しいかもしれないけど、まずは指を入れてほぐしてからなら大丈夫だと思うよ」

「……指？　入れてみて」

「え？」

　真利亜の積極的な言葉がズキンと股間に響いた。もっとはっきりと聞きたい。

「指をどこに入れればいいの？　ちゃんと言ってくれないとわからないよ」

　真利亜の顔が一気に赤くなった。自分が口にした言葉の卑猥さに改めて気づいたのだろう。

　でも、卑猥であればあるほど、恥ずかしければ恥ずかしいほど興奮するのが男女の営みなのだ。

　そのことを真利亜に教えるのも家庭教師の努めだ。

「さあ、ちゃんと言うんだ。じゃなきゃ、間違ってお尻の穴に入れちゃうかもしれないよ」

「ダメ！……お尻の穴の入れるのは絶対にダメ！」

「じゃあ、言ってみて。真利亜ちゃんはどこに指を入れてほしいの？」

「……指を……真利亜のアソコに入れて……ほぐしてほしいの」

　真利亜の口から出た卑猥な言葉に、翔太は身震いするほど興奮してしまい、もう焦らすことなどできない。

それに目の前でヒクヒクしている膣口をずっと見ていたので、翔太もその中に早く指を入れてみたくてたまらなかったのだ。

「じゃあ、入れるよ。力を抜いて」

「そんなこと言われたって、どうやれば力が抜けるのかわからないよ」

処女である真利亜は、当然のことながら今まで膣を締めたり緩めたりしたことなどないのだ。

「じゃあ、お尻の穴を緩めてみて」

「……こう？」

あの高飛車だった真利亜が、素直にお尻の穴を緩めてみせる。

そのことだけでも感動だったが、お尻の穴に連動して、みっちりと媚肉が詰まった膣口が微かに緩む様子はとんでもなく卑猥だ。

「じゃあ、入れてあげるね」

翔太はゴクンと生唾を飲み込んで、真利亜の膣口に中指を押しつけた。

「あんっ……」

真利亜が可愛らしい声をもらし、お尻の穴がきゅっとすぼまる。

連動するように膣口も閉じてしまう。それは本当にきつくて、指が少しも入っていかない。

「ダメだよ、真利亜ちゃん。指がちゃんと入るまでオマ×コを締めないで」

「そんなこと言われたって……。もう一回やってみるから指を入れてみて」

今度は自分からアナルを緩めてみせる。少しコツがわかってきたようで、膣も微かに口を開く。

「入れるよ」

翔太は中指をそーっと膣口に押しつけた。

一瞬、また締まりそうになったが、真利亜が「はあぁぁぁ……」と長く息を吐いて、すぐにまた緩めてみせる。

それでも狭いことに変わりはない。

「ううっ……きつい……。すごく狭いよ。でも、なんとか入りそうだ」

真利亜の処女穴はおそろしく狭かったが、すでに大量の愛液が溢れ出ていたので、その助けを借りて中指は第二関節あたりまでぬるりと滑り込んだ。

「ああぁぁん……。なんか変な感じぃ。そんなところに指が入ってくるなんて。はあぁぁん……」

「まだよくわからないかもしれないけど、ここにペニスを出し入れしたらすごく気持ちいいんだよ」

「翔太のペニスは大きすぎて絶対入らないよ」

「ここをよくほぐしておけば大丈夫だよ。ほら、こうやって……」

翔太は指をゆっくり抜き差ししながら、円を描くように動かしはじめた。

「あああぁ……な……なにそれ……あああ、いや……変な感じよ……あああああん……。だ、ダメだよ、そんなの。はああぁぁん……」

真利亜は悩ましい声をもらしながら身体をくねらせる。だがそれでも、翔太が弄《いじ》りやすいようにと陰部を突き上げたままだ。

くちゅくちゅと音がもれ、指が濃厚な愛液にまみれていく。

「ああ、すごいよ、真利亜ちゃん。マン汁がどんどん湧き出てきて、床の上に滴り落ちてるよ」

「あああぁ……いや……あああん……翔太、もう……もうやめて……」

もちろんそれが本心ではないことは伝わってくる。可愛い真利亜を、もっと気持ちよくしてやりたい。

だから翔太は膣を拡張しながら、もう一方の指で愛液が朝露のように溜まっているクリトリスを優しく撫でてやった。

そのとたん、お尻の穴がきゅーっと収縮し、膣壁が翔太の指をきつく締めつける。

「あっ……はああん……。ダメ……翔太……。そ……そこはダメ……。あああん、変な感じよ」

どうやら真利亜はクリトリスが感じるということは知っていたようだ。中三なのだから、こっそりオナニーもしていたのだろう。それでも、クリトリスと膣の二点責めは初めての体験ということか。

翔太は膣とクリトリスを同時に責めつづけた。するとすぐに真利亜の声が切迫したものに変わっていく。

「ああっ……ダメだよ、翔太。もうダメ、ほんとにもう……あああん……」

「なにがダメなんだ？　イキそうなんだね？　いいよ。このままイッていいよ。ほら、お尻の穴を見られながらイッちゃえよ」

まだ処女だということを考慮して、膣に四、クリトリスに六の力加減で責めつづけてやると、真利亜は四つん這いのまま苦しげな声を張り上げた。

「ああ、ダメ！　もう……もうイク！　あっはあああん！」

アナルがきゅーっと収縮し、同時に膣壁がきつく締まり、翔太の指をぬぷんと押し出した。

と同時に、真利亜はお尻をヒクヒク震わせながら、床の上にぐったりと身体を横たわらせてしまった。

3

「イッたんだね？　あんな恥ずかしい格好で」

「いや……言わないで。怒るよ。翔太のくせに……」

真利亜が横たわったまま、火照った顔をこちらに向けた。その目が翔太の股間に釘付けになる。

エクスタシーにのぼりつめたばかりの真利亜の目には、ペニスはさっきまでよりも、さらにいやらしく見えるのだろう。

「さあ、今度はこれを使って、ふたりでいっしょに気持ちよくなろう」

「それって、セックスするってこと？」

「そうだよ。僕は家庭教師だから、セックスも教えてあげるよ」

真利亜はまだじっとペニスを見つめている。翔太は下腹に力を込めてペニスをビクンビクンと動かしてみせた。

真利亜はゴクンと生唾を飲み込んだ。

「……そうね。翔太にセックスを教えさせてあげてもいいよ」

どこまでも意地っ張りな女だ。

「それなら、自分で入れてみて」

翔太は仰向けなり、ペニスを右手でつかんで先端を天井に向けた。

「……自分で？」

「そうだよ。騎乗位で処女喪失するのが、超絶可愛い真利亜ちゃんには似合ってるんじゃないかな」

「でも……そんなのは……」

不安そうに眉根を寄せる。初めてのときは正常位で、愛の言葉を囁かれながら、と夢見ていたのかもしれない。

「どうする？　やめる？」

「ううん。やる。翔太のペニスを使って処女喪失してあげる」

真利亜はその場に立ち上がった。

「おっと、その前にエプロンを外してくれよ。真利亜ちゃんの裸をしっかり見たいんだ。じゃないと途中でペニスが萎《しぼ》んじゃうかもしれないからさ」

この状況で翔太のペニスが萎むなど、絶対にありえないことだ。それでも男のことをよくわかっていない真利亜は信じたようだ。

「脱げばいいんでしょ」

真利亜はウエスト部分で縛ってあった紐をほどき、肩紐を外した。エプロンがすとんと足下に落ち、そこに全裸の真利亜が現れた。

「ううっ……」

ペニスに衝撃が走った。顔立ちがハーフっぽいだけではなく、真利亜の身体は日本人離れしたスタイルのよさだ。

脚が長く、ウエストがくびれ、スレンダーなのに乳房だけはボリュームたっぷりなのだ。

しかも、まだ中学三年生だからか、乳首はきれいなピンク色で、肌は瑞々《みずみず》しくて光り輝いている。

まるで芸術作品のようだ。

「先っぽから、なにか出てきてる……」

真利亜が翔太のペニスの先端を見つめながら言った。

「我慢汁だよ。興奮しすぎると出ちゃうんだ。さあ、もう真利亜ちゃんのオマ×コをペニスで味わわせてくれよ」

「はあぁぁ……ちょっと怖いけど、そんなに言うなら、アソコに翔太のペニスを入れてあげるわ」

真利亜は翔太の腰のあたりを跨《また》ぎ、ゆっくりと腰を下ろしてきた。そして翔太が天井に向けているペニスの先端に、自分の膣口を押しつける。

亀頭に温かな媚肉の感触があり、翔太はうっとりと目を閉じた。

この感触にペニス全体が包み込まれるのを待ったが、真利亜の悲しげな声が聞こえただけだ。

「ああぁぁん……ダメだよ、入らない……あああん……やっぱり無理……」

さすがに処女でいきなり騎乗位は難しいのかと思ったが、仰向けになったまま首を起こして見ると、M字開脚ポーズでオッパイを揺らしながら悪戦苦闘している真利亜の様子は可愛くて、すごくいやらしい。

亀頭に真利亜の媚肉の温かさを感じながら、ペニスはピクンピクンと細かく震えてしまうほど力を漲らせている。

初めての貫通のためには、あともう少し膣腔をほぐしてやったほうがいいかもしれない。

「真利亜ちゃん、もうちょっとオマ×コをとろけさせたほうがいいみたいだ。僕の顔を跨いでくれないか？」

「えっ……翔太の顔を跨ぐ？」

「そうだよ。それで、今みたいにお尻を下ろしてきて。さあ、早く」

翔太は壁の時計をチラッと見た。

もちろん美実と紗奈が帰ってくるまでにはまだまだ時間がある。それでも真利亜を急《せ》かす効果は充分あったようだ。

「こんな変なことをさせるなんて、翔太はやっぱり変態ね」

バカにしたように言いながらも、真利亜は翔太の顔を跨ぎ、和式トイレで用を足すときのように腰を落としてくる。

ぴたりと貼り付いていた二枚の肉びらがひとりでに剝がれ、糸を引きながら左右に開いていく。

すでに男を受け入れる準備がほとんど整った膣は、ぽっかりと口を開き、透明な液体をぽたりぽたりと滴らせている。

(あああ、真利亜ちゃんのオマ×コが近づいてくる！)

翔太の頭をほうを向いているために、陰部と豊満な乳房、それと恥ずかしそうな真利亜の顔を同時に見ることができた。

卑猥すぎる眺めに興奮しながら長く舌を伸ばしてやると、その意図を察した真利亜がクリトリスを舌先に押しつけてくる。

翔太はレロレロとクリトリスを舐め回してやった。

「あああん、ダメぇ……。気持ちよすぎちゃう……んんん……」

クリトリスを舐められて足腰に力が入らなくなったのか、真利亜は翔太の顔の上に完全に座り込んでしまう。

「うぐ……うぐぐ……」

呼吸ができなくて苦しいが、そんなことはなんでもない。翔太は夢中になって真利亜の陰部を舐めまわしてやった。

そして、その舌を膣の中にねじ込んで、ざらざらした膣壁を舐めまわす。

「ああ、いや……。これ、恥ずかしい……。あああん、翔太の舌が中に入ってくるぅ……。いや、やめてよ、変態。ああぁ、そんなところを舐めないでぇ」

そう言いながらも、真利亜は陰部をグリグリと押しつけてくる。

もっと気持ちよくなりたい。アソコをどろどろにとろけさせて大きなペニスが入るようにしたい。処女を卒業したい。翔太とひとつになりたい……。

真利亜のそんな思いが伝わってくる。

それに応えようと、翔太は割れ目の奥を舐めまわし、膣穴に舌をねじ込み、クリトリスを吸い、軽く甘噛みしてやった。

「あっ……いやっ……。あああああん、いや、いや、いや……。あっはあああん」

翔太の顔の上に座り込んだまま、真利亜はヒクヒクと腰を震わせたかと思うと、そのままぐったりと床の上に倒れ込んだ。

4

「イッちゃったのか？　だとしたら、さっきよりもオマ×コはとろけてるはずだから、もう入るんじゃないかな。今度は真利亜ちゃんのオマ×コをペニスで味わわせてくれよ」

翔太はまたペニスの根元をつかんで先端を天井に向けた。勃起しすぎて真っ赤に充血してしまっている。

亀頭もパンパンにふくらみ、さっきよりもさらに大きくなっていた。

「はあぁぁ……翔太のペニス、すごくエッチな形……。あああん、子宮がヒクヒクしちゃう……」

うっとりとした表情でペニスを見つめ、真利亜はため息をもらした。

そして、エクスタシーにのぼりつめた直後の身体で気怠《けだる》げに立ち上がり、また翔太の腰のあたりを跨いだ。

そのままゆっくりと腰を落としてくる。ぴちゅっという音とともに開いた陰部の、ぬかるみの源泉を亀頭に押しつける。

真利亜がさらに体重をかけると、パンパンにふくらんだ亀頭が半分ほどぬるりと埋まった。

「ああああっ……入ってくる……。翔太の大きなペニスが入ってくるよ」

形のいい乳房をぷるぷると揺らしながら真利亜が言う。

「ううう……気持ちいいよ。真利亜ちゃん、さっき練習したように、お尻の穴を緩めるんだ」

「ああぁぁん……。こんな感じ？　あっはああん……」

肛門を緩めることで膣口も開いたのだろう、亀頭が完全に真利亜の中に埋まった。

そこはきつくて温かくてヌルヌルしていて……とんでもなく気持ちがいい。

「もっと……もっと奥まで入れてくれ」

「あああああん……翔太ぁ……。はあああああん。変な感じだよ。翔太のペニスが真利亜の身体の中でピクピクしてるよ。ああああん」

両手を膝に置き、真利亜はさらに腰を落としてくる。

処女だったが、前戯ですでに二回もエクスタシーへのぼりつめた膣腔は充分にとろけていたらしく、翔太の巨大なペニスがヌルヌルと埋まっていく。

「すごい……。すごいよ、真利亜ちゃん。最初は気持ち悪いかもしてないけど、すぐにすっごく気持ちよくなるから、そのままお尻を上下に動かしてみて」

「う……うん、わかった。ああああん……」

今日の真利亜はとことん素直だ。両手を膝に置き、ウサギ跳びでもするかのように尻を上下に動かしはじめた。

ぬるりぬるりとペニスが抜き差しされ、強烈な快感が翔太を襲う。同時に真利亜も徐々に快感を覚えはじめたようだ。

「ああああん……。これ……気持ちいい……。ああああ、セックスってこんな感じなんだね。ああああん……」

「そうだよ。ふたりでいっしょに気持ちよくなれるんだ。あああ、僕……気持ちよすぎて……ああああうう……」

自分の上に跨がってゆさゆさと美巨乳を揺らしながら腰を振っている真利亜を見て

いると、ペニスに受ける肉体的な快感が何倍にも強烈になってしまう。

翔太の身体の奥から射精の予感がズンズンと込み上げてくる。

「ダメだ、真利亜ちゃん。もう僕……あああっ……」

「翔太、イキそうなの？　あああああん……真利亜のオマ×コが気持ちよくてイキそうなのね？」

「そ……そうだよ。真利亜ちゃんのオマ×コが気持ちよすぎて……僕、もう限界なんだ。ううう……」

「うれしい！　あああん……翔太がよろこんでくれて、真利亜もうれしいよ」

真利亜の素直な言葉、素直な気持ち、そして処女とは思えない激しい腰の動き……。

よろこびの中で、翔太のペニスは一気に爆《は》ぜてしまう。

「あああっ……もう……もう出る！」

ペニスが石のように硬くなり、その一瞬あとにビクン！　と激しく脈動した。

「あはっんんん！」

ドピュン！　ドピュン！　と噴き出す精液を膣奥に受けた真利亜は、初めて経験するその感触に戸惑い、強烈な快感に飲み込まれ、背骨を抜かれたかのように、ぐにゃりと翔太の上に倒れ込んできた。

「真利亜ちゃん、大丈夫？」

下から抱きしめながら、翔太は訊ねた。

「……うん。なんだか身体に力が入らなくて……。でも、最高な気分。ふたりでいっしょに気持ちよくなれるセックスっていいね」

そう言うと真利亜はゴロンと横に転がるようにして翔太の上から下りた。ペニスが抜け出て、少し遅れて真利亜の膣口から白濁液がどろりと溢れ出た。

「あああん、すごい……。温かくて気持ちいいよ。翔太、大好き！」

真利亜が翔太の腕を枕にして、顔を胸元に押しつけてくる。

(こんな幸せ、ちょっと前までだったら考えられなかったよ)

真利亜の肩を抱き、翔太はセックスの余韻にどっぷりと浸かった。

5

レイトショーから帰ってきた美実と紗奈は、クンクンと部屋の中の匂いを嗅ぎ、すべてを理解したようだった。

真利亜には美実と紗奈のことを秘密にしておいたほうがいいと思っていた翔太が目

配せをしたが、美実がすぐに真利亜に言ってしまった。

「真利亜姉さん、翔太先生とエッチしちゃったの？　これで美実たち、正真正銘の姉妹だね」

「……姉妹？」

真利亜は意味がわからない様子だったが、紗奈が横から説明した。

「竿姉妹っていうんだって、こういう状況を」

「……竿姉妹？」

なんとなくその意味を理解したらしい。真利亜は美実と紗奈の顔を交互に見てから、翔太に視線を向けた。

ヤバイ。キレられる！　と思ったとき、真利亜は大きく息を吐いた。

「な～んだ。美実と紗奈の様子がなんだか変だったから、ひょっとしたらと思ってたんだけど、まさか翔太がそんなにモテるわけがないし、ありえないって打ち消してたの。やっぱりそうだったんだ。翔太、けっこう手が早いんだね」

そう言う真利亜の顔には、優しい笑みが浮かんでいる。

「怒らないの？」

翔太がおそるおそる訊ねると、真利亜はまたいつものクールな顔で翔太を一瞥《いちべつ》して言った。

「なんで怒る必要があるのよ。真利亜たち三姉妹は大好きなケーキだってきっちり三等分するの。翔太だって、仲よくシェアするのは当然よ」

どうやらそれがこの家の家訓のようだ。緊張が解けた翔太は、膝に力が入らなくなり、倒れ込むようにしてソファに腰を下ろした。

「で、レイトショーはどうだったの？」

「意外と面白かったよ！　たまにはいいね、夜遅くに出歩くのも」

「紗奈はお姉さんと先生のことが気になって映画に集中できなかったなあ」

「ほんと、紗奈姉さんは心配性なんだから。美実、お風呂に入ろうかな。翔太先生もいっしょに入る？」

「えっ？」

翔太が絶句していると、紗奈が横から代わりに答えてくれた。

「バカね。終わったあとにシャワーを浴びてるに決まってるじゃないの」

「でももう一回、入ってもいいんじゃない？　美実、翔太先生に身体を洗ってもらいたいなあ。紗奈姉さんみたいに」

美実が横目で翔太と紗奈を交互に見て、にやりと笑って見せた。紗奈がポッと頰を赤らめた。

紗奈の処女を奪ったときの状況を冷やかしているのだろう。

この姉妹はケーキだけでなく、すべてを共有しているらしい。おそらく明日になれば、真利亜とのあいだでしたこともふたりに全部知られて、逆に美実と紗奈にしたことも真利亜の知るところとなるだろう。

（ あああ、あんな変態っぽいことはしなければよかった）

翔太は心の中で頭を抱えた。ふたりっきりの秘め事だと思うからこそ、アナル弄りとか、顔面騎乗位とかも恥ずかしげもなくできるのだ。

「じゃあ真利亜は美実といっしょにお風呂に入ろうかな。いちおうシャワーを浴びたけど、まだ少し残ってるみたいで……」

真利亜の意味深な言葉に美実と紗奈がピクンと眉を動かした。

「お姉さん、それってひょっとして……」

「美実もいっしょにお風呂に入るから、詳しく聞かせて」

「いいよ。じゃあ、久しぶりに三人でお風呂に入ろ。翔太はひとり寂しくテレビでも観てればいいわ」

三人はなにかコソコソと話しながら浴室のほうに向かった。

第四章　三姉妹にシェアされる僕

1

翌朝、お泊まりセットとして持ってきていたシェービングクリームとカミソリで、翔太が洗面所でヒゲを剃っていると、視線を感じた。

鏡越しに紗奈と目が合った。

「紗奈ちゃん……」

「おはようございます」

振り返ると、紗奈がなにか言いたそうにモジモジしている。

「あ、ごめん。洗面台、使う？」

「いいえ。大丈夫です」

そう言うものの、立ち去ろうともせずに、相変わらずモジモジしている。

紗奈はもうパジャマから着替えていたが、制服ではない。いつものボディラインのはっきり出るニットのセーターと、タイトなパンツだ。

大きな胸と肉感的なヒップが強調される、翔太の大好きな服装だった。

「学校に行く準備はしなくていいの？」

「今日は祝日で学校はお休みですよ」

「あっ、そうだったね」

ということは美実も真利亜も休みだ。

翔太は納得したが、やはり紗奈がなにか言いたそうにしているのは変わらない。

「なに？　どうしたの？」

「紗奈のも……紗奈のも剃ってもらえませんか？」

「紗奈ちゃんのを……剃る？　ヒゲなんて生えてないじゃないか」

紗奈の顔はまるでゆで卵のようにつるんとしていて、毛穴などまったくないきれいな肌だった。

「いいえ、ヒゲじゃなくて……」

紗奈が頬を赤らめながら、自分の股間へと視線を向けた。

「えっ？　アソコの毛？」

翔太の身体がカーッと熱くなり、股間に血流が一気に集中する。

「……はい。昨夜、久しぶりにお姉さんと美実ちゃんと三人でお風呂に入ったら、ふたりともアソコに毛が生えてなくて……。きっと先生はツルツルのほうが好きなんじゃないかと思ったんです」

「……どうしてそう思うの？」

口の中に唾液が溢れてきて、飲み込むとゴクンと喉が鳴った。

「だって、中学生の三姉妹全員に手を出してるなんて、かなりのロリコンでしょ？　だったらアソコに毛が生えてないほうがきっと好きだと思って」

すごい言われようだが、確かにそうだ。

今までそんなのは気にしたこともなかったが、いざ無毛のオマ×コを目にしてしまうと、そちらのほうが清純で、同時にエロく感じられるのだった。

紗奈はさらにつづける。

「自分で剃ろうかと思ったんですけど、カミソリなんか使ったことがないからやっぱり怖くて……。先生は毎朝ヒゲを剃ってるみたいだから、カミソリの使い方も慣れてますよね？　だったら紗奈のアソコの毛を剃ってもらえませんか？」

「うっ……」

翔太は股間を押さえて腰を引いた。ボクサーブリーフの中という狭い空間で勃起していき、ペニスが折れそうになって痛みが走る。

「ダメ……ですか？」

「ダメなわけがないじゃないか！　僕は紗奈ちゃんのアソコに陰毛が生えてても全然問題ないけど、紗奈ちゃんが剃りたいっていうなら、いくらでも手伝ってあげるよ。でも……」

翔太は天井に視線を向けた。その先には真利亜の部屋と美実の部屋があるはずだ。

「お姉さんと美実ちゃんは、休みの日はいつも昼前ぐらいまで寝てるから、まだ当分は起きてこないと思いますよ」

それなら安心だ。

いくらケーキを分け合う仲よし姉妹でも、自分の妹や姉が自分とも肉体関係のある男とエッチなことをしているのを見て不愉快にならないとは思えない。

「じゃあ、リビングへ行こうか？」

「え？　お風呂場じゃなくてですか？」

「うん。剃るためには最適な環境があるんだよ」

剃毛モノのAVは何本も観ていた。そういうときはいつも、風呂場ではなくリビングのソファに浅く腰掛けた状態で剃っていた。

どうせならそのイメージを実現したかった。

「さあ、行こう」

ヒゲ剃りセットと洗面器にお湯を入れたものを持ってリビングへ向かった。

「時間がないから、紗奈ちゃん、下を脱いでくれるかな」

「は……はい……」

自分から言い出したくせに、やはり恥ずかしいらしい。

頬を赤らめて背中を向けると、紗奈はモジモジしながらズボンとパンティを脱ぐ。丸くて少し大きめのお尻が露《あらわ》になった。

「こっちを向いて。アソコの毛を剃るにしても、頭の中でプランを立てなきゃいけないからさ」

「そう……なんですか？　いろいろ大変なんですね」

疑わしげに言いながらも、紗奈はこちらを向いてみせた。

上半身はセーターを着ているいわゆる着衣巨乳と呼ばれる状況で、下半身は裸という姿は刺激的すぎる。

思わずため息がもれてしまう。

三姉妹それぞれに魅力的だったが、肉体的な魅力だけで言えば紗奈が一番エロティックだ。

そんな紗奈の陰毛を剃ることができる自分の幸せを、翔太は天に感謝しないでいられない。

「さあ、そのソファに浅く座って」

生唾を飲み込んでからソファを目で示す。紗奈はすぐソファに浅く腰掛けたが、ぴたりと膝を合わせたままだ。

「そのまま後ろに倒れて、両膝を抱《かか》えてみて」

「えっ……そんなことを……」

「だって、アソコの毛を剃るんでしょ？　そのためにはそういう格好をしてもらわないと剃れないからさ。さあ、早くして」

意識して事務的に言うと、翔太はシェービングクリームを手に持って紗奈の前に座り込んだ。

しぶしぶ紗奈が後ろに身体を倒す。

「あああぁん……やっぱり恥ずかしいです」

そう言って顔を赤らめながらも、紗奈は座面からお尻が半分飛び出した状態で、両膝を抱えてみせる。

これでもか、と陰部が突き出される。

陰毛は恥骨のあたりに薄らと生えていて、あとは土手肉に数本がパラパラと生えている程度だ。

そして割れ目の奥はすでに愛液にまみれ、小陰唇は充血してナメクジのようにうごめいている。

剃毛してほしいと口にすることで、紗奈はもうすでに興奮していたようだ。

「これだけヌルヌルだったら、シェービングクリームは必要ないかもしれないけど、いちおう使っておくね」

ある狙いを持って、翔太は紗奈の陰部に向けてシェービングクリームを吹き付ける。

「あっはあああん……先生……。これ……あああん、スースーします」

狙い通りだ。陰部にメンソールの刺激は強烈なのだろう。身悶えする紗奈の様子はいやらしすぎる。

ボクサーブリーフの中で勃起したペニスが、もう本当に折れてしまいそうだ。

「ちょっとごめんね。僕も脱ぐよ。もう痛くて……」

翔太も下半身裸になった。すると勃起したペニスが飛び出し、ピクピクと細かく震える。

「あぁぁ……すごい……。先生はいつも元気なんですね」

「紗奈ちゃんがそんなエッチな格好をしてるからだよ」

「あぁぁん、いや……恥ずかしいですぅ……あぁあ……」

艶やかな黒髪を靡《なび》かせて恥ずかしそうに首を振りながらも、紗奈は両膝を抱えて泡まみれの陰部を突き出しつづけている。

「じゃあ、剃ってあげるね」

翔太は紗奈の陰部のまわりの肉を指で押さえつけてカミソリを当てた。やわらかい毛が控えめに生えているだけなので、ジョリジョリと簡単に剃れていく。

「あぁぁん、くすぐったいですぅ……」

「動いたら危ないよ。オマ×コに傷がついちゃうかもしれないからさ」

紗奈の身体が緊張するのがわかった。もう少々微妙な部分を触っても、必死に身体を動かさないようにしている。

その様子が可愛くて、ついついイタズラしたくなる。

「おっと、手が滑った」

シェービングクリームをクリトリスに塗りたくるように指を押しつける。

「あっはああぁぁん、いやです、それ……あああん、変な感じですぅ……」

「ごめんごめん。もう少しだからね」

ヌルンヌルンとクリトリスを泡まみれの指で撫でまわすと、紗奈の腰がヒクヒク動き、ピュッとほんの少し潮を吹いた。

「あっ……ごめんなさい……」

「いいよ、いいよ。それにしても紗奈ちゃんはクリが本当に敏感なんだね」

このままもっと大量に潮を吹かせてみたい思いに駆られたが、陰毛をすべて剃り落とすことのほうが先だ。

途中でシェービングクリームを付け足して、ジョリジョリとカミソリを滑らせると、すぐにパイパンオマ×コができ上がった。

タオルを洗面器のお湯で濡らし、それで紗奈の陰部についた泡をすべて拭《ぬぐ》い取る。

「あぁ、すっごくきれいだよ。ツルツルだ」

そこには美実と真利亜と同じように、陰毛が一本も生えていないツルツルの女陰が現れた。

ほんの二日前までは処女だったその場所は、本当に清らかで美しい。

そして、その清らかな陰部の中心で、ピンク色の膣口がヒクヒクとうごめきながら翔太を挑発している。

さっき少し潮を吹いた陰部は、もう大量の愛液にまみれてヌラヌラ光っている。

いやらしすぎて、もう我慢できない！

「よし、きれいになったお祝いに、こいつをぶち込んであげるよ」

本当は「ぶち込まさせください」とお願いしなければいけないレベルの美少女だったが、謙虚な性格の紗奈は逆に懇願してくる。

「あぁぁん、先生のペニスをぶち込んでくださいぃ〜」

卑猥すぎる状況に、肉棒がピクピクと武者震いしてしまう。それを右手でしっかりと握り締めて、翔太は紗奈の陰部に亀頭を押しつける。

「入れるよ、紗奈ちゃん。いいね？」

大きな亀頭がぬるりと滑り込む。

「あああん……」

セーターを着たままの着衣巨乳をゆさりと揺らしながら、紗奈は顎を突き上げるようにして身体をのけぞらせた。

それでも両手は両膝を抱えたままだ。

「ううう……すごく狭くて気持ちいいよ。あうう……」

突き出された無毛の陰部に、赤黒く勃起したペニスがヌルヌルと埋まっていく。

しっかりと根元まで挿入すると、パンパンに勃起して包皮を押しのけるようにして顔を出しているクリトリスを指で優しく撫でてやった。

「あっひぃぃぃぃ……。先生、そこはダメぇ……」

紗奈が悩ましげな声で言い、膣壁がさらにきつくペニスを締めつけてくる。もちろんそれは、もっとしてくれという意味だ。

「紗奈ちゃんのオマ×コ、最高に気持ちいいよ。さあ、ふたりでいっしょにもっと気持ちよくなろうね」

翔太はクリトリスを撫で回しながら、ゆっくりとペニスを引き抜いていき、完全に抜ける手前でまた根元までしっかりと押し込んでいく、という動きを繰り返した。

「ああん、ダメダメダメ……。あああん、先生、ダメ〜ッ。イキそう……あああん。またイキそうですぅ……」

「いいよ、イッちゃえ。ほら、また潮を吹きながらイッちゃえ。ほら、ほら」

翔太はペニスの先端でズンズンと子宮口を突き上げつづける。

それでも紗奈は両膝を抱えながら陰部を突き出している。指が食い込み、膝裏が白くなっている。

「ああ～ん。イクイクイク……イッちゃうぅぅ。あっはあああん！」

膣壁がきゅーっと収縮し、翔太のペニスを引きちぎらんばかりに締めつけた。

2

絶頂にのぼりつめた紗奈を見下ろし、その膣腔のきつい締めつけが産み出す快感にうっとりと目を細めていると、翔太は背後に人の気配を感じた。

「あ～っ、翔太先生、ひど～い！」

「ちょっとぉ。朝早くからふたりでなにやってんのよ！」

ペニスを根元まで紗奈の膣に挿入したまま振り返ると、ピンク色のパジャマ姿の美実と赤いパジャマ姿の真利亜が、ドアのところに立ってこちらを睨み付けていた。

「うわっ……」

美実と真利亜の姿を見た瞬間、ジェットコースターで急降下するときのように、睾丸のあたりがヒュンとなった。

慌ててペニスを引き抜くと、紗奈の陰部からピュッと勢いよく潮が吹き出し、翔太の顔面を直撃した。

滴り落ちる潮を拭う余裕もなく、翔太はふたりに向かって弁解した。

「違うんだ、これは、紗奈ちゃんが美実ちゃんや真利亜ちゃんと同じようにアソコをツルツルにしたいっていうから、僕が手伝ってあげてただけなんだ」

浮気の現場を押さえられたような気がしてあたふたしてしまったが、そんなことを心配する必要はなかった。

「紗奈姉さん、ずる〜い！　ゆうべ、三人で仲よく翔太先生をシェアしようって決めたばかりなのに」

「そうよ、紗奈。真面目そうな顔して、あなたが一番エッチなのよね。ほんと、あきれちゃう。翔太はみんなのものなんだからね」

姉妹にそう言われた紗奈は、エクスタシーにのぼりつめたばかりで意識が朦朧《もうろう》としているようで、ソファの上でぐったりしながら言った。

「ああぁん、ごめんなさい。そんなつもりはなかったんだけど、なりゆきで……」

そんなやりとりを見ながらも、ある言葉が翔太の胸に刺さっていた。

「……僕はみんなのもの？」

翔太の問いかけに美実が代表して答える。

「昨日も言ったでしょ？　美実たち三姉妹は、大好きなケーキだってきっちり三等分するの。誰かが独占したりしないんだから」

「そうだよ、翔太。本当なら翔太は一番可愛い真利亜に夢中になっちゃうと思うけど、真利亜はいちおうお姉さんだから、妹たちにも気持ちいい思いをさせてあげようって思ってるの」

昨夜もそんなことを言われたが半信半疑だった。でも、これは夢でも幻でもない。本当のことなのだ。

美実と真利亜がじわじわと翔太に近づいてくる。そのふたりの視線は翔太の股間に向けられている。

そう思って自分の下腹部を見ると、そこには紗奈の愛液にまみれたペニスがヌラヌラ光りながらそそり立っていた。

「浮気現場を見つかったみたいな慌て方をしながらも、ずーっとビンビンなんだもん、翔太先生って絶倫なんじゃないの？」

「美実ったら、また難しい言葉を……。ほんと、あんたはエッチな単語ばっかり仕入れてくるのね」

「だって、興味あるんだもん。真利亜姉さんもそうでしょ？　それに美実が翔太先生を誘惑して強引に一線を越えたから、紗奈姉さんも真利亜姉さんも翔太先生とエッチすることができたんだよ。そうじゃなきゃ、いくらロリコンで絶倫の翔太先生だって、家庭教師先の女子中学生に手を出さないだけの理性は持ってたはずなんだから」

真利亜は美実の言い分に納得したらしい。

「まあ、そうね。その点は美実に感謝しなきゃいけないかも。でも、均等にシェアするのは変わらないよ。さあ、いっしょに……」

「うん、わかってる」

美実と真利亜が翔太の前にひざまずき、左右からペニスに顔を近づけてくる。

「えっ？　なに？　どういうこと？」

「こういうことだよ～」

「翔太がしてほしがってることをしてあげるだけよ」

そう言うと美実と真利亜がそそり立つペニスにキスをした。

チュッと音がするような軽いキスだったが、肉体的な快感よりも視覚的な快感がすごくて、ペニスがビクン！　と脈動し、まっすぐ天井を向いてピクピクと細かく痙攣した。

「あぁぁぁん、すごい～。血管が浮き出てて、めちゃくちゃエッチ～」

「ほんと。勉強の教え方は下手《へた》だけど、こっちはなかなかすごいかも」

ふたりとも勃起したペニスを生で見るのは翔太のが初めてのはずだったが、それでも今時の女子中学生だ。映像では何百本ものペニスを見ているのだろう。その中でも、翔太のペニスはかなり大きいということらしい。

そう思われるのはイヤな気はしない。翔太はサービスのつもりで、さらにペニスをビクンビクンと動かしてやった。

「あぁぁぁん……」

「はぁぁぁん……」

美実と真利亜が同時に悩ましい声をもらした。

ふたりがこのあとどうするつもりなのか、翔太にもわかる。もちろんそれを拒否するつもりはない。

美実が言うとおり、彼女の処女を奪ったときに、翔太はもう理性も倫理観も全部捨て去ってしまったのだ。

残るのは男としての本能と性欲だけだ。

「どうした？　僕をシェアするんだろ？　いいよ。ほら、もっといっぱい舐めてくれよ」

翔太は下腹に力を込めて、そそり立つペニスの亀頭を前後に振った。美実と真利亜の目が、またそこに釘付けになる。

「ああ～ん、またそれをするぅ～。それを見ると、美実はアソコの奥がムズムズしちゃうのにぃ～」

「真利亜も。あぁぁん、もう舐めたくてたまらないじゃないの。翔太の変態！　ほんとにもうッ」

ふたりは左右から食らいつき、紗奈の愛液を全部きれいに掃除しようとするかのように、根元から先端まで満遍なく舐めまわしつづけた。

まるで腹を空かせた猫が餌を貪《むさぼ》るような激しさだ。

「ううぅっ……す……すごい……。なんてエロいんだろう。あああぁ……」

ふたりは上目遣いに翔太を見上げながら、左右からカリクビのあたりをレロレロと舐めまわす。

その部分が男が最も気持ちいい場所だと、翔太が教えてあげたからだ。自分の教えを忠実に守っている教え子たちが愛おしくてたまらない。

「真利亜姉さん、先にいい？」

「しょうがないなあ。いいよ、お先にどうぞ」

「わ〜い。翔太先生、これも好きなんだよね」

そんなやりとりがあったあと、美実が亀頭をパクッと口に含んだ。

「あううう……」

温かな口腔粘膜に亀頭をぬるぬる締めつけられて、翔太は気持ちよさに呻《うめ》き声をもらした。

「うぐ……ぐぐぐ……ぐぐっ……」

美実は苦しそうに眉間にシワを寄せながら、首を前後に動かしはじめた。さらに強烈な快感が翔太を襲う。

「美実ちゃん……気持ちいいよ。あああ……」

「翔太ったら、なに変な声出してんの。ほんと、みっともない」

「ううう……ごめん……でも、気持ちよくて……」

「いいよ。それなら真利亜がもっと気持ちよくしてあげる。これ、ネットのエロ動画で観たんだけど……」

亀頭を妹に独占されている真利亜は、翔太の陰嚢をいきなり口に含んでみせた。そして舌を使って口の中で睾丸を転がすように舐め転がしはじめた。

「あっ……ううう……だ、ダメだよ、そこは……ううっ……」

そんなことをされたのは初めての経験だった。

もう年上の余裕や、家庭教師の威厳もなく、翔太は身悶えして、みっともない声をもらしつづけた。

その様子を満足げに見上げながら、真利亜は左右の睾丸を交互に口に含んで舐め転がしつづける。

「あ〜っ、真利亜姉さん、なんかずるい〜。それ、美実もしてみたい〜」

翔太の反応があまりにも激しいせいか、亀頭を口から出した美実が少しふて腐れたように言った。

「なによ、また末っ子気質全開にして。いいよ。じゃあ、美実が玉々をしゃぶってあげなさい。真利亜は先っぽをしゃぶってあげるから」

上下を交代し、美少女姉妹がまた翔太のペニスと睾丸を責めはじめる。

強烈すぎる快感と、いやらしすぎる眺めに、翔太は射精の予感が込み上げてくるのを感じた。

さっきまで紗奈の陰毛を剃り、そのあとでき上がったばかりのパイパンオマ×コに挿入して楽しんでいたのだ。

すでに精巣は熱い白濁液で満タンになってしまっている。

「ダメだ……。もう止めてくれ。そうじゃないと……ううう……」

翔太が苦しげに言うと、美実と真利亜はいったん愛撫をやめて、お互いの顔を見つめ合った。

そして、小さくうなずき合うと、ふたりは同時に言った。

「いいよ、翔太先生、美実たちの舌に出しても」

「翔太、いっぱい出させてあげる」

ふたりは舌を長く出して亀頭を左右からベロベロと舐めはじめた。まるで亀頭をあいだに挟んでディープキスをしているかのようなフェラチオだ。

可愛い少女たちのディープキスだけでもかなりの興奮モノなのに、その舌のあいだに自分の亀頭が挟まれている。

その状況の卑猥さと実際の舌愛撫の快感に、翔太の性感はすぐに限界を突破してしまう。

「あああっ……もう……もう出るよ。うううっ……出る出る出る……あああああ！」

ペニスが石のように硬くなったと思うと、肉幹がビクン！と脈動し、先端から勢いよく白濁液が噴き出した。

それを美実と真利亜が長く舌を伸ばして受け止める。

ドピュン！　ドピュン！　ドピュン！

断続的に射精はつづき、それが収まったときには、美実と真利亜の舌は濃厚な精液まみれになっていた。

ふたりは火照った顔で見つめ合い、同時に口の中に舌を仕舞《しま》った。

そして、ゴクンと喉を鳴らして精液を飲み込むと、もう一度口を開けて、中になにも残っていないことを翔太に見せつけるのだった。

3

「美実ちゃん……真利亜ちゃん……。すごくエロいよ。ああぁぁ……」

美少女姉妹が自分の精液を飲んでくれたのだと思うと、翔太は全身がビリビリ痺れるほど興奮してしまう。

「あぁぁぁん、翔太先生の精液を飲んだら、なんだか身体が熱くなってきちゃったよぉ」

「確かに。真利亜も汗ばんでるよ。特にアソコが……。もう脱いじゃお」

美実と真利亜は先を争うようにパジャマを脱ぎはじめた。

ふたりともブラジャーはつけていない。そして躊躇《ちゅうちょ》することなくパンティも脱いで全裸になってしまった。

「そんなに見ないで、翔太先生。恥ずかしいよぉ」

「ジロジロ見ないでよ、翔太の変態」

ふたりは翔太の前に立ち、両手を身体の後ろにまわし、内腿を擦り合わせるようにしてモジモジしている。

真利亜のEカップのオッパイと美実の小ぶりなオッパイ。そして、ふたつのツルツルの陰部……。

一糸まとわぬ姿で美少女姉妹ふたりが恥ずかしそうにしているのが、たまらなくそそる。

たっぷりと射精していったんやわらかくなりかけていたペニスが、またムクムクと勃起していく。

「うわっ。やっぱり絶倫だ！」

美実が驚いたように目を見開き、その横で真利亜があきれたといったふうにため息をつく。

「はぁ。ほんと、翔太は元気だよね。……だけど、真利亜に欲情して大きくなってるんだったら、ちょっとうれしいかな」

そう言って、真利亜はポッと顔を赤らめてみせる。そのとき、翔太の背後から声が聞こえた。

「みんな、紗奈を忘れないで」

振り返ると、紗奈がソファから立ち上がるところだった。美実が紗奈に声をかける。

「紗奈姉さん、回復したんだ？」

「うん。しばらく意識が朦朧としてたけど、美実ちゃんたちがエッチなことをして盛り上がってるから、いつまでも余韻に浸ってられないよ」

そう言うと紗奈はセーターとブラジャーを脱ぎ捨てた。Gカップのロケットオッパイがぷるるんと揺れる。

それを見た真利亜がまたため息をつく。

「紗奈の胸、ほんと大きいよね。うらやましいなぁ」

「お姉さんぐらいの大きさが一番理想だよ」

「ふたりでなにを言い合ってんの～。美実の立場がないじゃない」

「美実はまだこれから大きくなるよ。それに乳首の色は三姉妹の中で一番きれいじゃないの」

三人の美少女が乳房を見せ合い、褒め合っている。その楽しそうな輪の中に翔太も割って入った。

「三人とも、オッパイ、すごくきれいだよ。僕はみんな好きだな」

「じゃあ翔太、触ってもいいよ」

真利亜が胸を突き出す。

「あ、美実のも触っていいよ～」

「紗奈のも触ってください」

頭がクラクラするような幸福な状況だ。

「じゃあ、遠慮なく」

翔太は右手で紗奈の乳房を揉み、左手で美実の乳房を揉み、真ん中に立っている真利亜の乳房はペロペロと舐めてやった。

「ああぁぁ～ん、これ、エッチすぎる～」

「はあぁぁん、先生、ゾクゾクしちゃいます」

「翔太先生、美実のも舐めてぇ～」

「うん、いいよ」

翔太は美実の乳房に食らいつく。

「ああ〜ん、紗奈も……紗奈も舐めてほしいです」

紗奈が両手で自分のGカップ巨乳を下からすくい上げるように持ち、翔太のほうへ突き出す。

「わかってるよ。三人ともすごく可愛いから、同じぐらい愛してあげるさ」

「翔太、本当ね？　真利亜たちは仲よしだから大好きなケーキも三等分するっていうことは、大きさに差があっちゃいけないんだからね！　わかってる？」

真利亜がピンと指先でペニスを軽く弾いた。

「うっ……。わかってるよ。こんな幸せな状況は今まで夢にも思ったことがなかったんだから、絶対に三人とも満足させてあげるよ」

そう言いながらも、本当にこの美少女たちと４Ｐなんてしていいのだろうか、と翔太は不安になってしまう。

世間的には絶対に許されないことだ。もうすでに成人している翔太なので、このことが明るみに出たら新聞に名前が載ってしまうことだろう。

でも、止められない。

こんなに可愛い女の子たちが、翔太にオッパイを舐められてよろこんでいるのだ。

そのことがうれしくてたまらない。

もっともっと気持ちよくしてあげたい。そう、こいつを使って……。

翔太は自分の股間に視線を向けた。

ペニスはもう臨戦態勢でそそり立ち、先端からは透明な液体——我慢汁が滲み出ている。

もう、いつでもOKだ。

翔太はペニスを握り締めて三姉妹に訊《たず》ねた。

「さあ、誰から入れる？」

翔太の言葉を受けて、三姉妹は顔を見合わせた。

そして、特になにか打ち合わせをしたわけでもないのに、いきなり「ジャンケン、ポン！」と声を合わせて手を前に出した。

美実と真利亜がパーで、紗奈がグー。

すぐにまた今度は美実と真利亜のふたりだけが「ジャンケン、ポン！」と手を出す。

美実がグーで真利亜がパーだ。

「恨みっこ無しね」

真利亜が顎を上げて余裕たっぷりに言った。

「わかってるよ〜。真利亜姉さんが一番でいいよ」

「まあ、紗奈はさっきしたばかりだから最後でいいかな」

まさか翔太のペニスを挿入してもらう順番を、こんな美少女たちが真剣な表情でジャンケンをして決めているなんて、現実とは思えない。

頬をつねるようなベタな行動をしてみたくなったが、翔太はしなかった。もしも万が一にも頬が痛くなかったらいやだったからだ。

夢なら覚めないでほしい。

「翔太はこういうのが好きなんでしょ？」

いきなり真利亜が翔太にお尻を向けて、その場に四つん這いになった。

すでにパンティも脱ぎ捨てているために、真利亜の丸いヒップと、饅頭をふたつギュッと押しつけたような肉丘と、きゅっとすぼまったアナルが全部丸見えになってしまう。

「美実と紗奈はあっちを向いてて」

顔を赤くしながらそう言うと、真利亜はお尻の穴をヒクヒクと動かして見せた。ふだんは気高い真利亜を見慣れている美実と紗奈は驚きの声をあげた。

「え？　なに？　真利亜姉さん、なにしてんの？」

「お姉さん、そ……それ、いやらしすぎだよ」

「あぁぁ……あなたたちは見ないでって言ってるでしょ。恥ずかしいじゃないの。でもね、翔太は変態だから、こういうのが大好きなの。ほら、ペニスがピクピクしてるでしょ？」

四つん這いでお尻を翔太に向けたまま、真利亜が顔だけこちらに向けて言った。言われるまでもなく、翔太は鼻息が荒くなってしまっていた。

「え〜っ、翔太先生はこういうのが好きなの？」

美実に訊ねられた翔太は、それを否定しない。

「そうだよ！　好きだよ！　真利亜ちゃんのその格好、エロすぎるよ！　ああ、もう我慢できない！」

美実と紗奈に向かって「ごめん！」とあやまってから、翔太は真利亜の突き上げられたお尻の前に膝をついた。

そり返るペニスを右手でつかみ、先端を膣口に押し当てると、期待感からすでに大量に溢れ出ていた愛液の助けを借りて、まるで吸い込まれるようにぬるりと突き刺さった。

「あっはあああん！」

真利亜は肉体を開発され尽くした大人の女のように喘ぎ声を張り上げて、ヒクヒクと尻肉を震わせてみせる。

しかし、まだ昨日処女を捨てたばかりの膣穴はおそろしく狭く、翔太の極太のペニスをきつくきつく締めつける。

「ううう っ……真利亜ちゃん、すごく気持ちいいよ」

感極まったように言うと、翔太は真利亜のウエストのくびれを両手でつかんで腰を前後に動かしはじめた。

「ああん……はあああん……あっはあああん……」

四つん這いになった真利亜は、翔太のペニスが膣奥を突き上げるたびに、上の口から悩ましい声を迸《ほとばし》らせた。

「真利亜姉さんがそんなエッチな声を出すなんて意外だなぁ。あああん、美実も興奮しちゃう」

「紗奈もアソコがムズムズしてきちゃった」

翔太と真利亜が後背位で繋《つな》がる様子を横で見ながら、美実と紗奈は自分の胸を揉み、股間を弄くりはじめた。

「いや……、あんたたち、なにしてんの？　あああん、真利亜がバックから突き上げられてるのを見ながらオナニーをするなんて……。はああん……すっごく興奮しちゃう……。はあぁぁん……」

「みんながエロくなっちゃうのは、真利亜ちゃんがいやらしすぎるからだよ。ううっ……僕の腰の動きに合わせて、真利亜ちゃんのお尻の穴、ずっとヒクヒクしてるんだもん」

「はあぁぁん……翔太のくせに変なこと言わないでよ。ああああん……ダメダメダメ……。もうやめてぇ……」

そう言いながらも、真利亜はポタポタと床に滴り落ちるほど愛液を溢れさせている。

一見プライドが高い真利亜だが、その実、恥ずかしいポーズで犯されたり、卑猥な言葉を投げつけられたりすることで興奮してしまうＭ気質があるのだ。

それならと翔太はペニスを抜き差ししながら真利亜のお尻を両手でつかみ、グイッと左右に開く。

「ほら、もっとよくお尻の穴を見せてくれよ」

ペニスが出たり入ったりしている様子と、アナルが丸見えになる。

「あっ、いや、翔太、やめて。ダメよ、それ、美実と紗奈にも見られちゃう。あああああん」

一気に愛液が濃くなり、ペニスが白く彩《いろど》られていく。

「真利亜ちゃんは、やっぱりこういうのが好きなんだね。あああ、もっと締めて。コツがわからないなら、お尻の穴を締めればオマ×コも締まるからさ。ううう……」

「ああああん、翔太のバカ……。こう？　これでどう？」

真利亜のお尻の穴がきゅーっとすぼまる。

と同時に膣道がきつく締まり、その狭隘《きょうあい》な肉路にペニスを抜き差しすると、強烈すぎる快感が翔太を襲う。

「ああっ……気持ちいい……。ううう……真利亜ちゃん……あああ、気持ちよすぎるよぉ……」

ふだんの翔太ならもう射精してしまっていてもおかしくないぐらい気持ちいい。ただ、さっき真利亜と紗奈の舌の上に大量に射精したばかりなので、まだなんとか堪《こら》えることができた。

でも油断したら、またすぐにイキそうだ。このあと美実と紗奈も同じように愛してあげなきゃいけないのに……。

翔太は自分のペニスにまとわりつく濃厚な愛液を指先でこそげ取り、それを真利亜のアナルに塗りつけた。

「え？　なに？　なにするの？」

真利亜が不安げな顔を向ける。

ペニスが突き刺さったオマ×コと、愛液を塗られたお尻の穴、それに官能に火照った真利亜の美しい顔を同時に見て、翔太は猛烈に興奮してしまう。

「こうするのさ」

指を押しつけると、愛液の助けを借りて第一関節あたりまで、ぬるりとアナルに滑り込んだ。

「あっはああああん！」

真利亜が髪を振り乱し、四つん這いのまま身体をのたうたせる。同時に肛門が指をキリキリと締めつける。

それは膣とは比べものにならないぐらい強烈な締めつけだ。これ以上、奥まで入れることはできない。

でもそれでいい、アナルに指を入れられているという状況だけで、真利亜のマゾ心を充分に刺激できるはずだ。

「ほら、真利亜ちゃん、すごくエロいよ。あああ、お尻の穴をほじられながらイッちゃえよ。ほら、ほら」

指をアナルに突き刺したまま、翔太は亀頭で膣壁を擦りつづけた。

翔太の狙い通りだ。真利亜は狂ったように感じまくり、絶叫の喘ぎ声を張り上げた。

「あああぁん、イク～！　あっはあああん！」

「痛ててて……」

指が肛門の括約筋で千切《ちぎ》れそうに締めつけられただけでなく、膣壁も今までの何倍もきつくペニスを締めつける。

「あっ、ダメだ、出ちゃう！　うう！」

とっさにペニスを引き抜くと、その先端から白濁液が勢いよく噴き出し、真利亜のお尻から背中にかけて、大量に降り注いだ。

「はあぁぁぁぁ……」

4

真利亜は床の上にぐったりと伸びてしまった。

「今度は美実の番だよ！」

横で物欲しそうに涎を垂らしていた美実が、翔太のペニスに食らいつく。

幼い顔でジュパジュパと唾液を鳴らしてペニスをしゃぶり、管の中に残っていた精液を自分の口に絞り出す。

そして、精液が溜まった口の中を翔太に見せつけてから、ゴクンとすべて飲み込んでみせた。

「これ、お掃除フェラって言うんでしょ？　男の人はみんな好きだったというのをネットで見たんだ。翔太先生も……やっぱり好きなんだね」

射精したばかりなのにまたまっすぐ天井を向いてそそり立つペニスを見て、美実はひとりで納得してみせた。

真利亜相手に射精したら、もう勃起しないのではないかと心配していたが、そんなことはなかった。

この状況なら、何度でも勃起し、何度でも射精できそうだ。

「ああ、お掃除フェラは大好きだよ。飲んでくれるのもうれしい。すごく興奮しちゃうんだ」

「じゃあ、もっと興奮させてある。翔太先生は変態だから、こういうのが好きなんだよね？」

美実は翔太にお尻を向けて四つん這いになった。

そのまま腰を反らせてお尻を突き上げるようにすると、無毛の陰部がねっとりと糸を引きながら左右に開いていく。

「ううう……すごくエロいよ」

「あああん、恥ずかしいぃ……。でも、もっとエッチなことをしてあげるね」

美実は胸を床につけて、自由になった両手で陰部を「くぱぁ〜」と言いながら開いてみせた。

「あっ……す……すごいよ、美実ちゃん……」

パックリ開いた膣の中まで丸見えになってしまう。

しかも美実はさっきの真利亜の真似をして、お尻の穴をキュッキュッと動かしてみせるのだ。

それに合わせて膣口も開いたり閉じたりし、溢れ出た愛液がポタポタと床の上に滴り落ちる。

可愛い美実のそんな卑猥な行為を見せられて、翔太はもうなにも考えられなくなってしまう。

気がつくと、翔太は亀頭を膣口に押しつけて、両手で美実のお尻を鷲づかみにしていた。

「あぁ～ん、翔太先生、入れてぇ～」

お尻を突き上げた体勢で、床に押しつけた顔をこちらに向けて美実が懇願する。

「うん。奥まで入れてあげるよ。これでどうだ！」

翔太はグイッと腰を押しつけた。紗奈や真利亜に比べてかなり小柄でほっそりしている美実の膣はおそろしく狭い。

でも、メリメリと膣壁を押し広げながら翔太は奥までペニスを挿入した。

「ああ、入った……」

「あぁぁ……、すごい……翔太先生のオチ×チン、大きい……あぁあぁ……」

美実が苦しげな声をもらす。

奥まで入れてほしい思いはあっても、まだ未成熟な身体にそれはかなり負担が大きいのだろう。

膣壁を無理やり押し広げられる違和感に、美実の身体が硬直している。

「美実ちゃんが挿入でもっと感じられるようにしてあげるね」

翔太はペニスをゆっくりと抜き差ししながら、覆い被さるようにして手をまわし、クリトリスを指先で撫でてやった。

「はああんっ……」

美実の声がうっとりと緩む。

「どう？　痛くない？」

「うん、全然痛くないよ。それどころか奥のほうも気持ちいいかもしんない。美実、少しは大人になったのかな。あぁぁぁん……。翔太先生、もっと……もっとしてぇ～。はぁぁぁん……」

「ううう……いいよ。もうやめてって言うまでしてあげるよ。これでどうだ？」

翔太はクリトリスを撫でまわしながら、徐々に腰の動きを激しくしていく。

すでに快感に溺れてしまった美実は、痛みなど少しも感じないようだ。まるで大人の女性のもののような悩ましい声を張り上げている。

美実の尻肉と翔太の下腹部がぶつかり合い、パンパンパン……と手拍子のような音が部屋の中に響く。

「あぁぁあんっ……はっあああん……ああんっ……」

ズンズンと突き上げられるたびに、美実は髪を振り乱して獣のような声をあげた。

「あああん、先生……。紗奈、もう我慢できないです」

順番待ちをしながら自分で胸と股間を弄っていた紗奈が、鼻奥を悩ましく鳴らしながら翔太に向かってお尻を向けた。

真利亜と美実に比べて、紗奈は安産型の大きなお尻をしている。

その肉感的なお尻を翔太のほうに向けて、姉と妹の真似をしてアナルをヒクヒクと動かしてみせるのだ。

いやらしすぎる……。

美実の膣の中に根元まで挿入した状態のペニスが、ピクンピクンとひとりでに動いてしまう。

「ああ〜ん、翔太先生、紗奈姉さんのお尻を見て興奮してるのね？　いいよ。いっしょに紗奈姉さんも気持ちよくしてあげて。絶倫で変態の翔太先生ならできるでしょ？」

「そ……それは……」

自信はなかったが、そんなことは言えないし、言いたくない。

「じゃあ、紗奈ちゃんもこっちへ。美実ちゃんとお尻を並べて」

言われたとおり、紗奈は美実の横にぴたりと身体を寄せて、お尻をこちらに向けた。

さっき剃毛のあと、すでに挿入で一度エクスタシーへのぼりつめた紗奈の陰部は、とろとろにとろけていて、膣口がぽっかりと開いている。

そこに翔太はいきなり指をねじ込んだ。

「あっはああん……」

きゅっとアナルがすぼまり、膣壁が指をきつく締めつける。

「ううっ……紗奈ちゃんのオマ×コ、すごく締まるよ」

翔太の言葉に反応したのは美実だった。

「美実のオマ×コだって締まるもん！」

挿入したままだったペニスを、美実の膣壁がきゅーっと締めつける。

「ううう……すっ……すごいよ、美実ちゃん。ああ、ひとりでに腰が動いちゃうじゃないか」

翔太はまた腰を前後に動かしはじめた。パンパンパンと音が響く。

「あああん！　だ、ダメだよ。そ、そんなに動かしたら、美実はもう……あっはあああん！」

美実が腰を引き、床の上に倒れ込み、ヒクヒクとお尻を震わせる。

「美実ちゃんはちょっと休んでていいよ」

抜け出たペニスをすぐに、お尻をこちらに向けて突き上げていた紗奈の膣穴へ挿入する。

「あっはあああん！」

ぬるりと奥まで挿入してしまうと、翔太はまた激しく腰を前後に動かしはじめた。美実のときと同じように、パンパンパン……と音が響く。

いや、さっきよりもその音は大きく、そしてリズムが速い。

「あああん、ダメです、先生……。はあああん、紗奈、もうイッちゃううう！」

紗奈が悲鳴のような声をあげて、床の上に倒れ込んだ。その拍子に抜け出たペニスが勢いよく亀頭を跳ね上げ、紗奈の愛液と美実の愛液が混じり合った液体があたりに飛び散った。

「今度は真利亜の番だよ」

さっきまでぐったりしていた真利亜がようやく回復したらしく、翔太のペニスに食らいつき、ジュパジュパと唾液を鳴らしながらしゃぶりつづける。

「あああ、そのフェラチオ、すごく気持ちいいよ」

「翔太先生、そこに仰向けになってぇ」

美実が翔太の胸を両手で押して仰向けにし、その顔を跨ぐ。

「え？　なにするんだよ？」

「翔太先生はこういうのも好きなんでしょ？　昨日、真利亜姉さんから聞いたの」

美実が翔太の顔の上に腰を落としてくる。無毛でとろとろになった陰部が迫ってきて、そのまま翔太の口を塞いだ。

「はうっぐぐ……」

呻きながらも翔太は美実の膣の中に舌をねじ込んでしまう。

「ああ～ん、変な感じぃ……。あああん、翔太先生、もっと舐めてぇ～」

美実が悩ましい声で喘ぎながら、グリグリと陰部を押しつけてくる。

そのあいだも、真利亜がおいしそうにペニスをしゃぶっているのだ。そして、翔太の手首を誰かの手がそっとつかむ。もちろんそれは紗奈の手だ。

「先生、紗奈のオマ×コに触ってください。あああん……」

導かれるまま翔太は紗奈の陰部に指を入れ、熱くとろけた膣粘膜をゴリゴリと擦ってやった。

こんな幸せが自分に降りかかるとは思ったこともなかった。今までうまくいかないことがあっても、腐らずに一生懸命生きてきてよかった。

（あああ、僕は今、最高に幸せだ！）

翔太は心の中で天に感謝した。

エピローグ

「ただいま」

玄関のドアが開く音と同時に亜希子の元気な声が聞こえた。

「お帰り～」

「お帰りなさい」

「お帰り、ママ」

三姉妹が玄関まで走って出迎えた。

少し遅れて、翔太も玄関まで行き、亜希子に声をかける。

「お帰りなさい、亜希子さん」

「先生、娘たちはご迷惑をおかけしませんでしたか？」

少し罪悪感がチクチクしたが、翔太はなるべく顔に出さないようにして言った。

「いいえ。迷惑なんて、ちっとも。みんな、すごくイイ子でしたよ」

翔太の言葉を受けて、美実が大袈裟に照れて見せる。

「イイ子だなんて、恥ずかしいな～」

「ママ、荷物を持とうか？」

大きなスーツケースと紙袋を紗奈と真利亜が亜希子から受け取る。

「あれ？　その紙袋はなに？」

美実が目を輝かせた。

「これはケーキよ。大阪の有名なお店のなの。イイ子にしていたご褒美に、お土産を買ってきてあげたのよ」

「やったー！」

美実がケーキを持ってリビングへ駈けていく。

「ダメよ、美実ちゃん。みんなでちゃんと均等に分けるのよ」

「わかってるよ～」

リビングのテーブルの上に丸いホールケーキを置くと、美実はキッチンからナイフを持ってきた。

「ママはいいわ。それを買うときに、お店に併設されてるカフェでショートケーキを食べちゃったの」

「じゃあ……」

美実は真利亜、紗奈、そして翔太の顔を順番に見た。

「四等分だね。三等分より、分けやすくていいね」

そして、慎重にナイフを入れていく。それを真剣な表情で見ている真利亜と紗奈。

三姉妹はぺろりと唇を舐めまわした。

そんな彼女たちを見ながら、翔太は口の中に唾液が溢れてくるのを感じた。

それはもちろんケーキがおいしそうだからというわけではなく……。

教《おし》え子《ご》は美少女三姉妹《びしょうじょさんしまい》 家庭教師《かていきょうし》のエッチ《えっち》な授業《じゅぎょう》

二〇二二年十一月十日 初版発行

著者◉哀澤渚【あいざわ・なぎさ】

発行◉マドンナ社
発売◉二見書房 東京都千代田区神田三崎町二－一八－一一
電話 〇三－三五一五－二三一一（代表）
郵便振替 〇〇一七〇－四－二六三九

印刷◉株式会社堀内印刷所 製本◉株式会社村上製本所 落丁・乱丁本はお取替えいたします。定価は、カバーに表示してあります。

ISBN978-4-576-22155-7◉Printed in Japan◉©N.Aizawa 2022